KB065397

로크미디어가
유혹하는
재미있는 세상

망한 가문의 검술 천재가 되었다 2

2022년 11월 15일 초판 1쇄 인쇄
2022년 11월 18일 초판 1쇄 발행

지은이 소구장
발행인 김정수 강준규

기획 이기헌 왕소현 박경무 강민구 조익현
책임편집 천기덕
마케팅지원 이원선

발행처 (주)로크미디어
출판등록 2003년 3월 24일
주소 서울시 마포구 마포대로 45 일진빌딩 6층
Tel (02)3273-5135 **Fax** (02)3273-5134
홈페이지 rokmedia.com **E-mail** rokmedia@empas.com

ⓒ 소구장, 2022

값 9,000원

ISBN 979-11-408-0360-6 (2권)
ISBN 979-11-408-0358-3 04810 (세트)

망한 가문의 검술 천재가 되었다

2

소구장 퓨전 판타지 장편소설

COTENTS

Chapter 1

'날 테스트해 보려는 건가?'

열다섯 살짜리 아들에게 주석서를 주며 예습을 해 보라니.

이건 자신의 학문적 능력을 검증하려는 것으로밖에 보이지 않았다.

아마 이걸 잘해 내면 당장이라도 연구실에 넣으려 할 테지.

'능력을 인정받는 건 좋지만, 연구실에 학자로 들어갈 생각은 없는데.'

비전 연구를 돕는 건 어디까지나 슈넬덴 부활 계획의 일부일 뿐.

아직 그가 해야 할 일이 너무나 많았다.

이런 때에 학자로서 연구실에 발이 묶이는 건 사절이었다.

'여기에 대해서는 확실히 말해 둬야겠어.'

루크는 그렇게 생각하며 제 손에 들린 책을 내려다봤다.

이걸 주면서 율리안이 했던 말이 떠올랐다.

'혼자서 하기에는 꽤 어려울 거라니⋯⋯.'

괜히 헛웃음이 나왔다.

아마 테론 대륙 역사를 통틀어도 자신보다 이 비전을 잘 아는 사람은 없을 테니까.

지금 자신이 주석서를 다시 쓴다고 해도 며칠이면 충분할 것이다.

그것도 지금 자기 손에 들린 이것보다도 훨씬 수준 높은 주석서를 말이다.

하지만 루크는 고작 그 정도로 만족할 생각은 없었다.

'그렇지 않아도 설풍검의 기초를 가르칠 방법을 찾고 있었는데.'

원래 파도치는 서리는 슈넬덴의 핵심 비전인 설풍검을 피워 내는 과정에서 만들어졌다.

다시 말해 이를 제대로만 익힌다면 훗날 설풍검을 사용하는 데에 큰 도움이 될 수 있다는 의미다.

다만 이걸 만들 당시에는 루크도 부족한 점이 많았던 터라, 연습용으로도 부족한 제식용 기술이 되었을 뿐.

그러나 지금은 어떤가.

루크는 이미 설풍검의 열두 번째 송이까지 피워 낸 유일무이한 존재였다.

파도치는 서리를 어떻게 보완하면 설풍검을 연습하는 데 도움이 될지 정도는 알고 있었다.

'그렇다고 아예 비전을 바꿔 버릴 수는 없으니, 해석을 조금 다르게 하는 식으로 써야겠지.'

그 정도로도 설풍검의 연습용으로 사용하기엔 충분할 것이다.

물론 그게 가능하다고 100% 장담할 수는 없었다.

그래도 이게 성공하기만 하면, 슈넬덴은 자연스럽게 설풍검을 배울 준비를 할 수 있게 된다.

실패하더라도 가주에게 능력은 인정받을 수 있을 것이다.

다른 해석을 내놓았다는 건 원문의 내용은 다 이해했다는 의미일 테니까.

그것만으로도 충분히 해 볼 만한 시도였다.

'일단은 테오를 찾아가 봐야겠지?'

사실 녀석의 도움 따위는 필요 없었다.

아니, 애당초 테오가 도와줄 수 있는 영역이 아니었다.

다만 그랬다가는 너무 압도적인 재능으로 보일 수도 있었다.

열다섯 살짜리 애가 처음 받아 본 비전서를 분석하고, 거기에 새로운 해석까지 내놓는다는 건 너무 비현실적이지 않은가.

실력이 없어서가 아니라 너무 티가 날까 봐 숨겨야 하는 꼴이라니.

상황이 우습긴 해도 어쩔 수 없었다.

지금 상황에선 자신이 테오보다 더 주목받아서는 안 됐으니까.

이미 비전의 오의까지 익힌 테오의 도움을 받다가 새로운 영감을 얻었다.

이게 테오와 루크를 동시에 띄울 방법이었다.

'그럼 얼른 가 볼까?'

비전을 보완하기 위해서는 해야 할 일이 많았다.

게다가 시간도 넉넉하지 않으니, 머뭇거려서는 안 됐다.

결심한 루크는 곧장 청상관으로 발걸음을 옮겼다.

*

테오는 훈련을 마치고 이제 좀 휴식을 취하려 했다.

"형, 나 좀 도와줘."

느닷없이 방문한 루크 때문에 마당으로 불려 나오지 않았다면 그랬을 것이다.

"그러니까 파도치는 서리를 알려 달라는 거야?"

"응."

"흐음, 그래? 그렇단 말이지?

테오는 그 말을 듣더니 음흉한 미소를 지었다.

'나도 이 녀석에게 가르칠 게 생겼구나.'

지금껏 루크에게 뭔가를 배우며 당한 게 얼마나 많았던가.

손가락, 발가락을 다 써도 셀 수가 없었다.

결과적으로 자신에게 도움이 되는 거였다고 해도, 힘든 건 힘든 것이다.

그런데 이번에는 자신이 루크를 가르칠 수 있다니.

'나도 이참에 저놈 좀 갈궈 줘야지.'

루크가 온몸이 땀에 젖은 채로 살려 달라고 비는 모습을 상상해 보라.

웃음이 나오지 않을 수가 없었다.

'그럼 뭐부터 해야 하나?'

그가 루크를 괴롭힐 방법을 잔뜩 떠올리고 있을 때였다.

"아니, 가르쳐 달라는 게 아니라 보여 달라는 거야."

"보여 달라고?"

"응."

"이게 뭐 시범만 본다고 익혀지는 건 줄 알아?"

"그럼."

도대체 저 자신만만한 태도는 어디서 나오는 걸까.

테오는 진심으로 궁금해졌다.

"그냥 내가 비전을 보여 달라고 할 때마다 보여 주면 좋겠는데."

"네가 아는지 모르겠지만 이거 여러 번 쓰기 힘들어."

"하루에 몇 번이나 쓸 수 있는데?"

"보자, 하루에 세……."

"풋."

루크가 코웃음을 치자 테오가 잠깐 멈칫했다.

뭔가 여기서 세 번이라고 말하면 자존심이 상할 것 같았다.

왜냐고?

이유는 정확히 알 수 없었다.

그저 형으로서 동생의 코웃음을 참을 수 없다는 것이 이유라면 이유였다.

"한 네 번은 될걸."

"오, 정말?"

그럴 리가.

네 번을 썼다가는 코어가 텅 비어 버릴지도 몰랐다.

그러나 루크의 인정을 받았기 때문일까.

망할 놈의 입이 멈추지 않았다.

"당연하지. 좀 무리하면 다섯 번도 할 수 있을 거다."

"확실히 형 재능이 좋긴 하나 봐. 다섯 번은 못 할 줄 알았는데."

"내 입으로 말하긴 좀 그렇지만, 나 나름 천재라고 불렸잖아."

테오가 턱을 한껏 치켜들고 말했다.

루크는 그 틈을 놓치지 않았다.

"그럼 부탁 좀 할게. 하루에 다섯 번씩."

"응?"

분명 좀 무리해서 다섯 번이라고 했는데.

저 동생 놈은 기어코 형을 무리시키는 길을 택한 것이다.

네 번도 겨우 할 지경인데.

그러나 그깟 자존심 때문에 부린 객기를 이제 와서 되돌릴
순 없었다.

"그, 그래. 다섯 번씩…… 거뜬하지."

"형 덕분에 예습을 잘할 수 있겠어. 형의 고생은 아버지께
도 꼭 말할게."

"그것참 다행이네……."

물고기는 미끼를 물고 나서야 자신이 바늘에 꿰었다는 걸
아는 법이다.

테오는 자기가 딱 그 꼴이라는 걸 그때서야 깨달았다.

그러나 그가 아직 모르는 게 있었다.

낚시꾼은 일단 물고기가 미끼를 물면, 정신을 차릴 수 없
도록 낚싯대를 잡아당긴다는 것을.

"그럼 말 나온 김에 바로 시작하자."

"여기서 바로?"

"시간 없어. 빨리."

"우리 아침에 백운보 훈련도 했잖아."

"그건 아침이고 지금은 오후잖아."

"그래도……."

"혹시 아직 준비 안 됐으면 대련으로 몸 좀 달굴까?"

루크의 목소리가 급격히 차가워졌다.

'어쩌다 내 신세가 이렇게 됐냐?'

테오는 자기 신세를 한탄했다.

그러면서도 순순히 검을 뽑아 들었다.

어쨌든 동생이 가문의 비전을 배운다는데, 형으로서 도움을 주는 것도 당연했으니까.

"그럼 한다."

"아, 잠깐만."

"왜?"

"이 검으로 해 볼래?"

루크가 검을 건네주며 말했다.

그 검은 수석 기사들이 쓰는 검만큼이나 좋아 보였다.

검신에는 벨무스라는 이름이 적혀 있었다.

"이건 뭐야? 못 보던 검인데?"

"어쩌다 주운 거야."

"이렇게 귀한 걸?"

"응."

"줍기는 무슨, 보니까 이거 수석 기사 꺼 빌려 왔구먼. 누구 거야? 라히츠?"

테오는 루크가 생각했던 거랑은 다르게 받아들였다.

뭐, 본인이 그렇게 생각하는 걸 굳이 바꿔 줄 필요는 없었다.

그리고 칼린의 검을 빌려 온 거였으니, 그게 어느 정도 맞는 말이기도 했고.

"맞아, 잠깐 빌렸지. 그 기사가 자기 이름은 밝히지 말아 달라고 해서 말 못 해 줘."

"또 그놈한테는 무슨 약점을 잡았길래."

"말이 많네. 그냥 주면 주는 대로 써."

"넌 형한테 무슨 말을……에휴, 됐다."

테오는 한숨을 내쉬고는 검을 받아 들었다.

통하지도 않을 불평을 하다, 나중에 더 힘들어지는 건 사양이었기 때문이다.

후웅, 훙.

"어?"

테오는 검을 휘둘러 보고는 깜짝 놀랐다.

"마나가 훨씬 잘 들어가지?"

"그러게. 와, 수석 기사들은 이런 검을 쓰는 거구나."

"그걸로 비전을 쓰면 마나의 흐름이 훨씬 명확하게 보이겠지. 그럼 내 공부에도 도움 될 거고."

"좋았어. 그럼 제대로 한번 보여 주지."

처음으로 명검을 써 봐서 그런지 테오도 신이 나는 것 같
았다.

루크는 그 모습을 보며 씩 웃었다.

'그래, 그렇게 신나게 쓰다 보면 네 마나도 쑥쑥 빠질 거다.'

테오의 마나 코어를 비워 버리는 것.

그것이 루크의 두 번째 목표였다.

싸아아아악-!

검 끝에 서린 한기가 눈사태처럼 덮쳐들었다.

후에 얼어붙은 수증기가 햇빛을 받아 반짝이는 모습까지.

비전의 외형만 본다면 설풍검의 초반부보다도 더 화려한
것 같았다.

이러니 칼린도 그렇게 호들갑을 떨었던 거겠지.

'역시 고쳐야 할 점이 많아.'

루크는 테오가 사용한 파도치는 서리를 보며 생각했다.

그러고는 곧장 주석서에 적힌 글귀를 보았다.

　　해당 원문은 본 단계 진입 시에 코어의 마나는 대회로로 한
번에 보내는 것으로 해석할 수 있으며……

글귀에 틀린 점은 없었다.

그가 처음 이 비전을 만들 때도 같은 의도로 만들었으니까.

하지만 지금에 와서 보니 실수들이 보였다.

'설풍검을 연습하고 싶었으면 여기서 한 번에 보낼 게 아니라, 소회로를 거쳐서 갔어야지.'

슥슥슥.

루크는 고쳐야 할 내용을 따로 옮겨 적었다.

테오가 그런 그의 옆으로 다가왔다.

"뭘 그렇게 써?"

"시범 보면서 알게 된 것들."

"한 번 봐 놓고 그런 게 있어?"

"꽤 많아."

"그냥 아무거나 끄적거리는 거 아니야?"

"쓸데없는 소리 하는 거 보니까 아직 팔팔한가 보네."

"아니, 꼭 그런 건 아닌데."

"나 한 번 더 보여 줘."

"그래도 내가 형인데……."

테오는 투덜거리면서 다시 검을 집어 들었다.

"이번에는 본 단계로 진입하기 전에 잠깐 마나를 멈췄다가 해 볼래?"

"왜?"

"그냥 궁금한 게 있는데 확인해 보려고."

"얼마나 멈추면 되는데?"

"글쎄, 한 1초에서 2초 정도?"

테오는 혼잣말로 1초에서 2초를 말하더니 다시 준비 자세에 들어갔다.

막상 투덜거리다가도 이렇게 시키는 말에는 토 달지 않고 척척 해 주다니.

불과 몇 달 전만 해도 절대 생각할 수 없는 일이었다.

'역시 사람 만드는 데는 매만 한 게 없다니까.'

루크가 고개를 끄덕이는 사이, 테오가 다시 준비 동작에 들어갔다.

쏴아아악-!

다시 한번 서리가 정면을 덮쳐들었다.

"하아, 하아."

덩달아 테오도 조금 지치는 게 보였다.

정작 본인은 그걸 티내고 싶지 않았는지 얼른 호흡을 골랐다.

'세 번 정도가 한계라고 했으니, 슬슬 숨이 가빠지긴 하겠지?'

그러나 루크는 여기서 멈춰 줄 생각은 없었다.

자신의 연구를 위해서도 또 테오의 성장을 위해서도.

"왜 그래? 혹시 힘들어?"

"그럴 리가! 아직 멀쩡해."

일부러 자존심을 긁자 테오가 바로 되받아쳤다.

역시 단순한 녀석이라니까.

"다행이네. 그럼 한 번 더 가자."

"한 번 더……?"

테오의 간절한 눈빛에도 루크는 아랑곳하지 않았다.

"이참에 다섯 번 다 보고 가야지."

"하아, 그래."

이미 잡혀 버린 물고기인 그는 체념하며 검을 들었다.

쏴아아악-!

쏴아아악-!

쏴아아악-!

그로부터 세 번 더.

그러니까 젖 먹던 힘까지 끌어다 총 다섯 번의 시도를 마친 후.

테오는 완전히 탈진해 버렸다.

"도련님, 도련님! 이게 어떻게 된 일입니까?"

그때쯤 연구를 마치고 복귀하던 라히츠가 사색이 되어 달려왔다.

"하아, 하아아……."

"또 루크 도련님과 새로운 운동이라도 한 겁니까?"

"후우우……. 아니야, 라히츠. 아무것도……."

풀썩.

다리가 풀려 버린 테오는 결국 라히츠의 등에 업혀 방으로 옮겨졌다.

그리고 루크는 그런 테오에게 방긋 웃으며 손을 흔들어 주었다.

"오늘 고마웠어. 내일도 부탁할게."

"내일……도?"

"그럼 내일 봐."

"저 악마 같은 새끼."

내일'도'라니.

테오는 차라리 자신이 잘못 들은 것이기를 간절히 바랐다.

하지만 그의 바람은 내일도, 그다음 날에도 이루어지지 않았다.

그는 일주일 내내 탈진한 채 누군가의 등에 업혀 방으로 돌아가야 했다.

오늘도 루크는 여느 때와 다름없이 청상관을 찾아갔다.

"응?"

보통 때 같으면 하녀가 나와 있었겠지만, 오늘은 라히츠가 정문 앞에 서 있었다.

"라히츠가 무슨 일이야?"

"도련님께 긴히 드릴 말씀이 있습니다."

"뭔데?"

라히츠는 말하기가 곤란했는지 뺨을 긁적이며 뜸을 들였다.

"도련님께서 가주님께 과제를 받았다는 건 알고 있습니다. 그리고 테오 도련님이 그걸 돕겠다고 한 것도요."

"아닌데."

"네?"

"과제 아니야. 그냥 예습하는 거지."

"크흠, 그렇군요."

"아무튼 빙빙 돌리지 말고 그냥 말해 봐. 사설이 길어."

"그게…… 요즘 테오 도련님을 너무 무리시키는 것 같습니다."

"형이 힘들대?"

"아니요, 따로 제게 이야기하진 않았습니다."

행여나 루크가 곧장 테오에게 달려가기라도 할까 봐, 라히츠는 손을 격하게 흔들었다.

"그럼 별문제 없잖아."

"검술 교관 입장에서 봤을 때 문제입니다. 훈련할 때도 점점 둔해지시더니, 지금은 손가락 하나 꼼짝 못 하십니다."

라히츠는 진심으로 테오가 걱정되는 모양이었다.

하긴 요즘 들어 수련할 때면, 테오는 힘이 다 빠진 탓에 빌빌거리긴 했었다.

검술 교관이자 호위 기사로서 그게 신경 쓰이는 것도 당연할 터.

"그래? 그럼 내가 가서 한번 봐야겠네."

"다시 한번 말씀드리지만, 오늘만큼은 테오 도련님에게 비전을 보여 달라 하시면 안 됩니다."

"걱정 말래도. 아, 그리고."

루크는 청상관으로 들어가려다 말고 멈췄다.

"네?"

"이 주석서 읽다가 물어볼 게 몇 개 생겼는데, 나중에 너한테 물어봐도 될까?"

"물론이죠. 그런 거라면 기꺼이 돕겠습니다."

"고마워."

루크는 고개를 끄덕이곤 다시 몸을 돌렸다.

라히츠는 걱정스러운 눈으로 그 뒷모습을 쫓았다.

'정말로 괜찮으려나?'

지금껏 지켜본 결과, 루크가 테오를 한계까지 몰아붙이긴 해도 칼같이 그 이상을 넘지는 않았다.

그러나 이번에는 가주가 보고 있다는 부담감 때문일까.

테오에게 한계를 넘는 요구를 하고 있는 것 같았다.

'별걸 다 걱정하네.'

루크는 그런 라히츠를 보며 생각했다.

테오는 자신을 대신해 세간의 이목을 끌어 줘야 할 인물인데, 뭐 하러 그를 해치겠는가.

오히려 그의 성장을 도우면 도왔지.

'어쨌든 테오 녀석의 마나가 완전히 소진되었다는 거지?'

테오의 방으로 향하는 그의 표정이 밝아졌다.

이로써 자신이 생각했던 두 번째 목적을 이룰 수 있게 되었기 때문이다.

루크는 비전을 보완하면서 동시에 테오의 마나 회로를 손봐 줄 생각이었다.

테오의 마나 회로는 그동안의 망나니 같은 생활로 인해 이미 상할 대로 상해 있었으니까.

원래 애가 어느 정도 정신을 차렸다 싶으면, 때를 봐서 고쳐 줄 생각이었다.

문제는 그때가 오지 않았다는 것이다.

'하여튼 선천적인 재능 하나는 확실하다니까. 마나가 그렇게 쉬지 않고 샘솟을 줄이야.'

수로를 고치기 위해선 일단 수문을 막고 수로의 물을 모두 빼내야 하는 법이다.

마찬가지로 마나 회로를 손보기 위해서는 마나를 모두 빼내야 했다.

그러나 어떻게 된 게 테오 녀석은 아무리 굴려도 마나가 다 소진되지 않았다.

다 소진시켰다 싶으면 그 미친 회복력 덕에 마나가 금방 다시 차오를 뿐.

그렇게 언젠가는 때가 오겠지 하며 기다리고 있었는데, 이렇게 좋은 기회를 맞이한 것이다.

그래서 굳이 벨무스까지 쥐여 주며 마나를 잘 끌어 낼 수 있도록 도움을 줬다.

　ー지금은 손가락 하나도 꼼짝 못 할 만큼 힘이 빠지셨습니다.

라히츠의 말을 들어 보니 오늘이 바로 그날인 것 같았다.

'조금 아프긴 할 텐데.'

뭐 그런 고통은 강해지기 위해서 당연한 거 아니겠는가.

그러는 사이, 루크는 테오의 방 앞에 도착했다.

똑똑똑.

"으으으."

노크를 하자 안에서는 힘이 다 빠진 신음이 흘러나왔다.

"들어간다."

문을 열자 침대에는 웬 미라가 한 명 앉아 있었다.

푹 파인 눈과 짙은 다크서클, 홀쭉해진 뺨, 멍하니 벌어진 턱까지.

그 모습은 마치 서큐버스에게 정기를 다 빼앗긴 사람 같았다.

어떻게 보면 반쯤 맞는 말이기도 했다.

테오는 루크의 연구를 돕기 위해, 하루에 다섯 번씩 마나를 바닥까지 쥐어짜 내며 비전을 쓰고 있었으니까.

"나 오늘은 때려죽여도 못해."

테오는 침대에 널브러진 채 말했다.

"라히츠한테 듣고 오는 길이야. 일주일간 고생 많았어."

루크가 예상외로 부드럽게 말하자, 테오는 더욱 소름이 돋았다.

저런 말투가 나올 때는 분명 더한 요구를 해 왔기 때문이다.

"나한테 뭘 더 시키려고?"

"더 시키다니. 거 말 섭섭하게 하네."

"그럼 왜?"

"이렇게 고생해 줬는데 내가 뭐 해 줄 건 없고, 안마라도 해 줄까 싶어서."

"안마?"

"몸이 안 아픈 구석이 없다며. 안마라도 받으면 좀 나아지지 않겠어?"

"그렇긴 하지."

테오의 눈에선 여전히 의심이 가시지 않았다.

그러나 루크는 정말 형이 걱정되는 것 같은 표정을 지었다.

"그냥 몸져누운 형에게 동생으로서 해 줄 수 있는 게 없어서 이렇게라도 하는 거야."

"그래?"

"당연하지. 내가 일부러 안마하는 방법도 찾아보고 왔는데."

"그렇게까지?"

드디어 루크가 본인을 위해 한계까지 힘을 끌어다 쓴 형을 드디어 인정해 주는 걸까.

테오의 의심이 점점 풀려 갔다.

"좋아, 그럼 한번 부탁해 볼까?"

"그럼 엎드려 봐."

"아이고, 아이고……."

테오는 끙끙 앓는 소리를 내며 몸을 돌렸다.

철컥.

루크는 어느새 방문을 잠그고는 그에게 다가갔다.

"응? 갑자기 문은 왜 잠그……읍, 으으읍."

그러고는 천으로 테오의 입을 막아 버렸다.

"너무 아프다 싶으면 손들어."

"읍, 읍, 읍!"

"목소리는 줄이고. 라히츠가 듣고 올라오면 곤란해지니까."

루크가 손가락과 손목을 차례차례 풀었다.

이제부터 테오의 마나 회로의 공사를 시작할 때였다.

조금 아프긴 하겠지만, 그래도 다 끝나고 나면 지금보다 훨씬 좋아질 것이다.

아마도.

🕷

퍽, 퍽, 퍽퍽퍽!

그건 일방적인 구타의 현장이었다.

피해자는 이미 탈진으로 손가락 하나 꼼짝할 힘도 없는 상태.

그러나 가해자는 아무런 양심의 가책도 없는지 폭행을 이어 갔다.

"읍, 읍읍, 읍!"

분명 루크가 아프면 손을 들래서 손을 들기도 했다.

그러나 들려오는 대답이라고는 하나였다.

"좋아, 잘 조져지고 있나 보네."

"으으으읍!"

"형, 맘껏 날 원망해. 그래도 장담할게. 이게 다 형을 위한 거야."

고개를 끄덕거리며 주먹 세례를 퍼붓는 모습은 악마와 다를 바가 없었다.

도대체 자신에게 무슨 원한이 있어 이런 짓을 벌인단 말인가.

'이 새끼, 일부러 내가 마나가 동나길 기다리고 있었던

건가?'

마음 같아서는 당장 루크에게 반격하고 싶었지만, 테오가 할 수 있는 건 그리 많지 않았다.

그저 몸을 꿈틀거리며 맞는 면적을 최소화하는 것뿐.

"아니, 좀 가만히 있어. 이러면 회로 찾기 힘들잖아."

점점 멀어져 가는 의식 속에서 저런 말을 들었던 것 같기도 하다.

얼마나 시간이 흘렀을까.

"그어어어억."

테오의 입을 막고 있던 천이 풀렸다.

그동안 얼마나 천을 물어 댔는지, 천 이곳저곳에 이빨 자국이 가득했다.

한동안 얼이 빠져 있던 테오도 이제야 정신을 차렸다.

"루크 이 개새끼야! 이게 뭐하는 짓……음?"

테오는 루크에게 달려들려다 말고 멈췄다.

그러고는 자신의 몸 이곳저곳을 훑어보았다.

루크는 그럴 줄 알았다는 듯 고개를 끄덕였다.

"왜, 몸이 좀 가벼워진 것 같아?"

"뭐야, 이거?"

"뭐긴 뭐야. 안마지."

"무슨 안마를 해야 몸이 이렇게 되는 건데?"

"그렇게나 효과가 좋아?"

테오는 다시 한번 자신의 몸을 살펴보았다.

마치 자신의 회로가 배로 넓어진 것 같은 느낌.

게다가 마나 코어에서 내뿜는 마나량도 훨씬 많아진 것 같았다.

전에 라히츠에게 '턴 오버'라는 경지를 들어 본 적이 있었다.

 ─됐어. 이미 내 몸은 술에 다 찌들었는데 이제 와서 검을 배워 뭐 하겠어?

 ─도련님께도 희망이 있습니다. 기사의 수련과 깨달음이 극에 달하면 신체 자체가 재구축이 됩니다. 검술을 배우기에 적합한 몸으로 탈바꿈하는 거죠.

그때는 라히츠가 그냥 듣기 좋은 말을 해 주는 거라고 생각했었다.

그런데 지금의 상태를 보면 꼭 그 '턴 오버'를 경험한 것 같았다.

그런 착각이 들 정도로 몸이 가벼워졌다.

"이거, 어떻게 한 거야?"

"그냥 비전 공부 때문에 자료를 뒤적거리다 우연히 찾게 된 거야."

루크가 말하기로 회로를 직접 타격해서 회로 속 탁한 물질을 내보낸 것이라 했다.

아예 체질이 변하는 턴 오버까지는 아니고, 몸이 원래의 상태를 되찾은 거라고 보면 된다고도 말했다.

"형은 가진 재능만큼은 출중하니까 훨씬 극적인 효과를 본 거고."

"그런 거야?"

정확히 알아듣지는 못했지만, 적어도 고난도의 기술이라는 것만큼은 알 수 있었다.

'이런 걸 책에서 보고 그대로 따라 했다고?'

당연히 믿기지 않았다.

그러나 루크가 자신에게 시켰던 이상한 운동들처럼, 이번에도 효과만큼은 확실했다.

지금 기분 같아서는 세상의 모든 마나를 다 받아들일 수 있을 것 같았다.

효과가 이렇게나 확실하니, 굳이 그 경위까지 캐물을 필요는 없으리라.

그래도 불만이 아예 없는 건 아니었다.

반드시 짚고 넘어가야 할 게 있었다.

"이런 걸 할 거였으면 진작 말해야 할 거 아니야? 난 또 네가 날 죽이려는 줄 알았잖아."

"내가 미리 말했으면 한다고 했을 거야?"

테오는 부르르 떨며 고개를 저었다.

그런 고통이 있을 줄 알았다면, 지금 이 결과를 알고 있었더라고 해도 선뜻 한다고 말 못 했을 것이다.

"말로 안 될 때는 몸으로 해결해야 하는 거지."

"미친놈……. 그래서 오늘도 비전 공부를 해야 하는 거 아니야? 밖으로 나가자."

"아니, 그럴 필요는 없어."

"왜? 그 미친 안마 때문에 비전 한두 번은 더 쓸 수 있을 것 같은데."

"그건 이미 끝났거든."

"끝났다고? 언제?"

"한 이틀 전쯤?"

"진짜 비전을 다 이해했다고? 어떻게 그걸 다…… 잠깐만."

테오는 말을 하다 말고 다시 루크를 보았다.

그의 말에서 이해가 되지 않는 부분이 있었기 때문이다.

"그럼 이틀 전에 끝났으면서 왜 계속 비전을 보여 달라고 한 거야? 빨리 말해 줬으면 내가 이 지경은 안 됐을 거잖아."

"그러게. 그럴 걸 그랬네."

저 태평한 대답을 보고 있자니, 이빨이 바드득바드득 갈렸다.

"아오, 이게 감히 형을 갖고 놀아?"

"화 풀어. 그래도 덕분에 좋은 안마도 받았잖아."

테오가 열을 내는 사이, 루크가 몸을 일으켰다.

"그럼 난 이만 공부하러 가 봐야겠다."

"내가 언젠간 널 꼭 잡고 만다, 진짜로."

"그래그래, 나 잡으려면 얼른 쉬어야지. 그럼 난 간다."

루크는 손을 흔들고는 방을 나가 버렸다.

테오도 루크에게 인사를 하고는 다시 침대에 누웠다.

'또 무슨 일을 꾸미려고 저러는지.'

분명 루크는 비전 공부를 마쳤다고 했다.

그런데 또 무슨 공부를 한단 말인가.

아마 뭔가 또 꾸미는 게 있다는 의미이리라.

'모르긴 몰라도 또 말도 안 되게 놀라운 일이겠지.'

생각하면 생각할수록 루크는 이상한 녀석이었다.

그러나 그 이상한 녀석이 집안에 일으키는 변화가 싫지만은 않았다.

율리안은 연구비를 마련하기 위해 몇몇 상단을 만나고 있었다.

비밀리에 진행하려다 보니, 생각했던 것보다 시간이 길어졌다.

그럴수록 율리안은 마음이 급해졌다.

루크가 자신을 기다리고 있었기 때문이었다.

　-도련님은 주석서 예습에 적극적인 것 같습니다. 파도

치는 서리를 배운 기사나 연구한 학자들을 찾아다니며 이
것저것 묻고 있다고 합니다.

디온으로부터 보고를 듣긴 했지만, 그래도 조급함이 완전
히 가시진 않았다.

애당초 루크에게 준 과제는 그 수준에서 완벽히 해낼 수
없는 것이었다.

아마 녀석도 슬슬 지쳐가고 있을 터.

무릇 공부라는 것도 점차 성장해 가는 맛이 있어야 지치지
않는 것이다.

자칫 혼자 예습을 하다 퍼져 버리기 전에, 비전의 전수를
시작해야 했다.

결국 일을 마치는데 예상 시간보다 일주일이나 더 걸렸다.

아직 일이 완전히 마무리되지는 않았지만, 루크의 재능이
출중하니 둘을 병행할 여유가 될 것이다.

"얼른 루크를 불러 주게."

그는 곧장 루크를 불렀다.

루크도 기다리고 있었다는 듯 금방 본관으로 왔다.

오랜만에 본 루크의 모습은 어딘지 초췌해 보였다.

아마 혼자서 예습을 하느라 지친 것이리라.

"어땠느냐? 주석서는 좀 읽을 만하더냐?"

"네, 어찌어찌 일독은 했네요."

"혼자서 일독한 것만으로도 대단한 거란다. 실망하지 말려무나."

율리안이 달래는 투로 말했다.

'너무 지루해서 겨우 일독했다는 의미였는데.'

루크의 처지에서는 그 생각을 직접 말할 순 없었다.

그래서 행동으로 보여 주었다.

"이걸 봐 주시겠습니까?"

그는 책 한 권을 더 꺼내며 말했다.

그건 파도치는 서리의 주석서가 아니었다.

"이게 무엇이냐?"

"공부하면서 이것저것 생각나는 것들을 적다 보니 내용이 많아지더라고요."

"그래서 이게 그걸 정리한 책이란 말이구나."

"네, 맞아요."

"오오, 아주 좋은 자세로다. 본디 배움이라는 건 이렇게 적극적인 자세로 임해야지."

이때까지만 해도 율리안은 크게 놀라진 않았다.

그저 배움에 대한 루크의 열정이 기특할 뿐.

율리안은 루크가 내준 책을 펼쳤다.

페이지마다 글자가 빼곡히 쓰여 있었다.

그래도 제 딴에는 꽤나 노력한 모양이었다.

"2주가 채 되지 않은 시간 만에 이렇게나 많은 게 떠올랐더냐?"

천만에.

2주가 아니라 일주일이었다.

'그것도 너희 눈치만 안 봤으면 나흘 만에도 충분했을 거다, 이놈들아.'

루크는 속으로 그렇게 말하면서도 겉으로는 그저 쑥스럽다는 표정을 지었다.

"과찬이세요. 하루라도 빨리 보여 드리고 싶었는데, 이제야 이렇게 가지고 왔을 뿐입니다."

"허허허, 고생했구나. 그래, 내 한번 읽어 보마."

율리안이 그 책을 읽기 시작했다.

이때까지만 해도 그의 표정은 아들의 재롱잔치를 구경하는 부모 같았다.

완성도 면에서 떨어질지는 몰라도, 저 나름대로 열심히 준비한 공연을 볼 때의 그런 느낌.

그러나 시간이 갈수록 그의 표정이 오묘해졌다.

"으으음……."

사락.

사라락.

심지어 한 번에 이해되지 않은 건지, 이전 페이지로 돌아가 내용을 다시 읽기도 했다.

율리안은 공식적으로 현시점에서 슈넬덴의 비전을 가장

잘 이해하고 있는 인물.

그런 그가 다시 돌아봐야 할 정도로 내용이 오묘하다는 의미였다.

탑.

그러다 너무 길어진다 싶었는지, 책을 다시 덮었다.

"정말 이걸 혼자서 쓴 게 맞느냐?"

"솔직히 말하면 도움을 받긴 했습니다."

"그래, 누구냐? 누가 이런 주석서를 쓰도록 도와줬지?"

"테오 형님이 주석서의 내용도 잘 알려 주고 시범도 보여 줬었죠. 아이디어도 같이 생각해 줬고요."

"그밖에 다른 이의 도움은 없었고?"

"라히츠에게도 도움을 받았어요. 그리고 한스를 비롯해 학자 몇 명에게 묻기도 했습니다."

"그래?"

율리안의 저 놀란 눈을 보라.

루크가 일부러 라히츠나 한스를 찾아가 주석서에 대해 질문한 것이 바로 이런 이유에서였다.

만약 이걸 루크 혼자서 했다고 하면, 아마 율리안은 기절했을지도 몰랐다.

그나마 이 정도로 밑밥을 깔아 뒀으니, 그도 용인할 수 있는 수준은 될 것이다.

"혹시 무슨 문제라도 있나요?"

"아니, 그런 건 아니다. 그런 건 아닌데……."

율리안은 다시 한번 루크의 책을 보았다.

도저히 이 주석서는 열다섯 살짜리 어린아이가 혼자 쓴 수준이 아니었기 때문이다.

기존의 주석서는 준비 단계에서 본 단계 진입 시에 코어의 마나를 대회로로 한 번에 보내는 것이라 해석하고 있다.

그러나 원문이 만들어질 당시, 슈넬덴에서는 코어의 방출 경로를 다양화하는 방향에 관해 연구했다는 자료가 있다.

이 밖에도 다른 자료들이 있는데…….

……(중략)……

이를 고려했을 때, 해당 원문은 대회로로 한 번에 마나를 보내는 것이 아니라 소회로를 거쳐 간다고 해석할 수도 있다.

그가 보기엔 이건 그저 궁금한 점을 정리해 놓은 게 아니었다.

물론 대부분이 원 주석서의 내용과 같았지만, 군데군데 미묘하게 기존의 주석서와 다른 해석을 내놓기까지 했다.

이걸 어떻게 열다섯 살짜리의 단독 작품이라 말할 수 있겠는가.

당연히 누군가의 도움을 받았다고 볼 수밖에 없었다.

'아무리 도움을 받았다고 하더라도, 실로 놀라운 재능임엔

틀림없구나.'

루크가 한 새로운 해석의 맞고 틀림은 중요하지 않았다.

열다섯 살짜리 어린아이가 기존의 주석서를 완전히 이해하고, 심지어 새로운 해석을 내놓기까지 했다.

이것만으로도 이미 수백 년에 한 번 나올 천재라고 부르기에 충분했으니까.

'그러고 보니 테오도 루크의 공부를 도왔다고 했나?'

아무리 루크가 뛰어난 재능을 가졌다고 해도, 완벽한 시범 없이는 이토록 자세한 분석은 힘들었을 것이다.

'본인이 만든 비전이 아니고서야 그럴 순 없을 테지, 암.'

파도치는 서리는 오의를 깨우쳤다고 해도 특별한 재능 없이는 완벽하게 사용할 수 없는 비전.

현재 이걸 완벽히 사용할 가능성이 있는 후보는 테오가 유일했다.

그러니까 테오가 어느새 파도치는 서리를 완벽한 수준으로 사용했다는 의미이리라.

두 아들이 모두 이만큼이나 성장했다니.

이보다 더 뿌듯할 수는 없었다.

"루크, 이걸 보니 내가 굳이 널 가르칠 필요가 없어 보이는구나."

"아니에요. 전 아직 부족합니다."

"빈말이 아니란다. 믿을 수 없지만, 이렇게까지 자세한 분석을 내놓지 않았느냐?"

"그렇게 말씀하시니 알겠습니다."

'시간을 더 아낄 수 있겠네.'

루크는 내심 만족했다.

원래 그는 가주가 직접 비전을 가르쳐 주겠다고 한 제안을 거절하려 했었다.

파도치는 서리의 보완 작업이나, 테오의 마나 회로를 보수할 계획이 없었다면 분명 그랬을 것이다.

그리고 이제는 그 목적마저 다 이루었다.

굳이 자신이 만든 비전을 처음 배우는 척 연기하면서 시간을 낭비하고 싶지 않았다.

그런 차에 율리안이 먼저 저렇게 말해 주니, 루크로서는 편할 따름이었다.

"그럼 전 이만 가 보겠습니다."

"잠깐만."

율리안이 루크를 멈춰 세웠다.

"루크, 지금 네 실력을 보아하니 당장 연구실의 일손을 도울 수 있을 것 같구나."

"그렇게 봐 주셔서 정말 감사합니다만, 지금 연구실에 들어가고 싶지는 않습니다."

루크는 준비된 답변을 꺼냈다.

"이유를 물어봐도 되겠느냐?"

"저도 슈넬덴가의 혈족인가 봅니다. 오랜만에 다시 손에 검을 쥐니 그걸 놓기가 싫습니다."

"슈넬덴을 위해서는 연구실에 너 같은 인재가 필요한데도?"

"믿어 주세요. 제가 펜을 잡는 것보다 검을 잡는 게 슈넬덴에 더 도움이 될 겁니다."

"허어……."

아들이 이렇게까지 강경하게 나오니 율리안으로서도 별수가 없었다.

그리고 자신도 내심 루크의 말이 맞는 것 같았다.

무릇 슈넬덴의 혈족이라면 펜보다는 검이 어울렸다.

상황이 급하다 보니 자신이 성급하게 정한 것이 아닐까 하는 생각이 들었다.

"그래, 그러려무나."

"감사합니다."

"그럼 이만 가 보거라. 그리고 이 책은 내가 조금 더 봐도 되겠느냐?"

"물론이죠."

그게 루크가 바라던 바였다.

부디 후손들이 저 책을 보고 뭔가 깨닫는 게 있기를.

루크는 그렇게 바라며 방을 나왔다.

그 후로 율리안은 며칠 동안 혼자서 루크의 책을 분석했다.

처음부터 그리 큰 기대를 한 것은 아니었다.

루크 나름대로 깊이 분석하고 써 낸 것일 테지만, 새로운 주석을 단다는 건 그리 쉬운 일이 아니었으니까.

그저 아들이 얼마나 참신한 생각을 했을까 궁금할 뿐이었다.

그래서 다른 연구진을 부르지도 않고 혼자서 분석했던 것이다.

하지만 분석을 거듭할수록 율리안의 태도는 달라졌다.

"당장 라히츠 경과 한스를 불러 주게."

결국 율리안은 라히츠와 한스를 부르기까지 이르렀다.

"그대들이 루크의 공부를 도왔다지?"

그는 둘의 인사가 끝나기도 전에 물었다.

"예, 제가 도움을 주긴 했습니다만 그리 크지는 않았습니다."

"그렇습니다. 혹시 이상이라도 있습니까?"

"이상이라……. 그래, 이상이 있지. 이걸 좀 보게나."

그는 루크가 쓴 주석서를 건넸다.

거기에 메모된 내용만 보더라도, 루크가 얼마나 본격적으로 이걸 분석했는지 알 수 있었다.

"난 괜찮으니 그대들이 천천히 읽어 보게."

"그럼 실례하겠습니다."

라히츠와 한스가 한참 그 주석서를 읽더니 곧 작은 신음을 흘렸다.

"이게 정말 도련님이 쓴 것입니까?"

"그대들도 몰랐나 보군."

"저희가 도와주긴 했지만, 도련님이 이런 식의 해석을 내놓을 줄은……."

라히츠는 여전히 책을 뚫어져라 보고 있었다.

"그대들의 눈에도 뭔가 보이는가?"

"설풍검 초급본과 매우 유사한 것 같습니다."

한스는 제 입으로 말하고도 믿기지 않는 것 같았다.

슈넬덴의 핵심 비전인 설풍검.

그건 현재 주석본은 고사하고 원본도 찾을 수 없었다.

남아 있는 거라곤 설풍검의 초급본뿐.

그나마 초급본이라도 해석해 보자고 연구를 진행했으나, 그마저도 내용이 워낙 복잡한 탓에 주석을 단 한 줄도 달지 못했다.

그런데 루크의 주석서가 그런 설풍검의 초급본과 비슷하다니.

아니, 비슷한 걸 넘어 설풍검 초급본에 대한 주석이라고 해도 믿을 수 있을 정도라니.

이 말을 쉽게 믿을 수 있는 사람이 몇 명이나 되겠는가?

당장 직접 두 눈으로 본 자신조차도 믿기지 않는데.

"우연이겠지요?"

"그럴 테지."

율리안도 동의의 의미로 고개를 끄덕였다.

"아무리 우연이라도 어떻게 이렇게 이어질 수가 있습니까?"

"나 역시 그 점이 이해되지 않았다네."

루크가 내놓은 새로운 해석이 우연히 설풍검의 초급본과 겹칠 확률이 얼마나 되겠는가.

그러나 적어도 루크가 의도적으로 파도치는 서리의 해석을 비틀어 설풍검에 대한 힌트를 줬다는 확률보다는 높을 것이다.

결국 율리안은 이 상황에서 더 높은 확률을 택했다.

"원래 젊은이들의 생각은 파격적인 법이지. 그리고 보니 그 파격이 슈넬덴의 정신과 맞닿아 있거늘."

"평범해서는 벽을 뛰어넘을 수 없다…… 말씀이시군요."

라히츠의 머릿속에도 슈넬덴의 가훈과도 같은 그 말이 떠올랐다.

"부끄럽게도 현실에 치여 그 가르침을 잊고 있었던 게지."

"가주님……."

결국 슈넬덴의 정신을 따른 루크에게서 슈넬덴의 핵심인

설풍검의 단서가 나왔다.

가주로서, 또 수석 기사로서 이 사실이 꽤히 부끄러워졌다.

"라히츠 경, 한스, 주석서 연구로 바쁘겠지만, 인원을 추려 이것 또한 연구해야겠네."

"예."

"이건 지금 하는 연구보다 더 비밀리에 이뤄져야 할 것이야."

"명심하겠습니다."

둘은 곧장 책을 받아 들고 집무실을 나갔다.

그들이 나간 후에도 율리안의 표정은 여전히 상기되어 있었다.

이미 꺼져 버린 줄 알았던 가슴속의 불꽃.

그 잿더미 속에서 다시 불씨를 발견한 기분이었다.

"어쩌면, 정말 어쩌면 슈넬덴이 잃어버렸던 영광을 되찾을 수 있을지도 모르겠군."

슈넬덴의 부활.

생각만 해도 가슴 벅찬 그 말이 현실이 될 것만 같았다.

슈넬덴 비전 연구실의 연무장.

한동안 새로운 연구가 진행되지 않으면서 이곳은 사용되

는 일이 거의 없었다.

그러나 최근 들어 백운보가 해석되면서부터, 이곳은 예전의 모습을 되찾아 가고 있었다.

그리고 그 열기에 기름을 부은 연구 소재가 있었으니.

쏴아아아악—!

백색의 한기가 앞쪽으로 뻗어 나갔다.

테오가 사용하던 파도치는 서리와 비슷한 모양새.

그러나 자세히 보면 다른 점이 보였다.

아주 잠깐이지만 그 한기에서 희미한 눈송이의 형태가 보였기 때문이다.

연무장에 있던 모두가 그 모습을 똑똑히 보았다.

"오오오……!"

율리안은 옅은 신음만 흘릴 뿐 아무 말도 하지 못했다.

완전히 실전된 줄만 알았던 설풍검의 눈송이.

'살아생전 이 설화를 직접 보게 될 줄이야!'

가슴이 너무나도 박찬 나머지 어떤 말도 나오지 않았다.

그가 보였어야 할 반응은 학자들이 대신해 주었다.

"정말 됐습니다. 잠깐이지만 설풍검 초급본에 나온 표현과 완전히 일치했습니다!"

"설풍검의 눈송이는 저렇게 생긴 거였군요!"

"놀랍군요! 루크 도련님의 해석이 정말로 설풍검과 이어질 줄이야!"

그들도 처음엔 루크의 새로운 해석을 그리 믿지 않았었다.

분명 참신한 발상은 맞지만, 숱한 학자들이 설풍검 초급본를 해석에 실패하지 않았던가.

하지만 직접 연구하고 이렇게 시험까지 했으니, 이제는 믿을 수밖에 없었다.

루크가 설풍검의 실마리를 찾아냈다는 것을.

"이 해석을 따라 연구한다면 설풍검 초급본의 주석도 달수 있을지 모릅니다!"

"루크 도련님은 어떻게 이런 생각을 하셨을까요? 당장 비전 연구실로 불러도 되겠습니다!"

마냥 빈말로 하는 게 아니었다.

그렇지 않아도 연구실의 일손이 부족한 시점.

루크 정도의 통찰력을 가졌다면, 조금만 가르쳐도 금방 연구에 투입할 수 있을 것이다.

율리안 역시도 책을 받아 들 당시만 해도 그렇게 생각했다.

그러나 지금은 생각을 바꿨다.

'여전히 아쉽긴 하군.'

아쉽지 않다면 거짓말이었다.

열다섯 살의 나이에 이 정도 통찰력을 가진 인재가 연구실에 있다면 분명 도움이 될 테니까.

그러나 그는 루크의 결정을 믿었다.

테오를 갱생시킬 때부터 지금에 이르기까지.

루크는 언제나 본인의 판단으로 좋은 결과를 이뤄 냈다.

어떻게 그런 판단을 내린 건지는 몰라도, 확실한 건 그가 이후로도 많은 일을 해내고 있다는 것이다.

그런 루크가 연구실에 들어가기 싫다고 했다면, 그건 그의 계획에 연구실에 들어가는 건 없다는 의미이리라.

'그냥 루크가 알아서 하게 두는 게 가장 좋은 방법일 게 야.'

그런 율리안의 생각이 맞았다.

지금 이 순간에도 루크는 슈넬덴의 옛 영광을 되찾기 위한 다음 계획을 생각하고 있었으니까.

200년간 설풍이 불어닥치던 슈넬덴의 본가에 때아닌 훈풍이 불고 있었다.

매일같이 슈넬덴을 괴롭히던 빚쟁이가 사라졌을 뿐만 아니라, 기존 비전을 제대로 배울 만한 주석서도 완성했다.

이를 위한 자금도 어느 정도 조달한 상태.

근래 들어 지금보다 슈넬덴의 사정이 여유로웠던 적이 있었던가.

그러나 가장 상징적인 건 바로 설풍검의 실마리를 찾았다는 것이다.

비록 아직은 걸음마라고 하기조차 부끄러운 기초 단계이긴 했다.

그러나 설풍검은 그야말로 슈넬덴의 핵심이자 모든 것이었다.

모든 것을 잃어버린 슈넬덴이 다시 설풍검의 연구를 다시 시작했다는 것만으로도, 그것이 지니는 의미는 상당했다.

슈넬덴이 여유를 되찾은 걸 넘어 옛 영광을 되찾기 위해 본격적으로 움직이기 시작했다는 의미였다.

이런 슈넬덴의 변화의 바람은 은밀하게, 그러나 확실하게 퍼져 나가고 있었다.

이를테면 소월관의 식탁처럼.

'확실히 긴축 재정 때보다 저녁 메뉴가 좋아지긴 했네.'

루크는 자신 앞에 놓인 음식을 보며 흐뭇하게 웃었다.

긴축 재정 때도 혈족이라고 하루 식사 중 한 끼는 고기가 나오기는 했지만, 양이며 질이 모두 처참했었다.

그러나 최근의 식탁은 어떤가.

한 끼밖에 나오지 않던 고기가 이젠 두 끼로 늘었다.

게다가 그 양과 질이 훨씬 개선됐다.

토르빈에게 물어보니 집사들의 식단도 좋아졌다고 했다.

'가주도 열심히 일하고 있나 보네.'

루크는 고기 한 점을 입에 집어넣으며 생각했다.

만약 율리안이 슈넬덴에 찾아오는 행운만 믿고 아무것도

하지 않았더라면 분명 실망했을 것이다.

'일단 당장 죽어 가던 환자를 앉히는 데까지는 성공했고.'

슈넬덴의 상황은 안정되었으니 이제는 조금 더 넓게, 또 멀리 바라볼 때였다.

가장 먼저 해야 할 건 남은 유산과 앞으로 샤룬을 통해서 들어올 돈이다.

일전의 계약에 따라 이제부터 샤룬으로부터 많은 돈이 들어올 예정이었다.

'채무를 처리하는 실력만큼은 확실하니 걱정할 건 없겠지.'

문제는 앞으로 쏟아져 들어올 이 돈을 어떻게 할지이다.

루크는 이 돈을 관리할 만한 사람을 찾을 생각이었다.

물론 이 돈을 남에게 맡기는 게 그리 달갑지는 않았다.

다만 현재 자신의 사정상 이 돈을 자유롭게 굴릴 수가 없었다.

그렇다고 이대로 이 돈들을 묵혀 둘 수도 없는 노릇이었다.

모든 것이 그러하듯 돈도 가만히 있으면 그 가치가 떨어지기 마련이니까.

'슈넬덴에 자연스럽게 자금을 공급할 방법도 찾아야 하고.'

여러 이유로 외부에서 자신의 돈을 굴려 줄 사람이 필요했다.

문제는 그만큼 믿을 만하고 능력도 있으며 눈치도 빠른 외부인을 구하기가 어렵다는 것이다.

'예전 같았으면 이런 것도 걱정할 필요가 없었는데.'

그야 예전엔 슈넬덴의 두터운 사업 파트너인 오르겐 상단이 있었으니까.

'오르겐 씨가 일은 참 깔끔하게 처리했었지.'

고기를 썰고 있던 루크의 손짓이 딱 멈췄다.

'그러고 보니까 오르겐 상단은 어떻게 됐지? 역사서에서도 못 본 것 같은데?'

오르겐 상단의 수완은 말할 것도 없었다.

집안 대대로 그 정도 상단을 운영해 왔다면, 그간 가문에 쌓인 노하우가 확실하다는 의미일 테니까.

만약 타고난 상인의 피와 노하우가 지금까지 전해져 오고 있다면?

자신의 돈을 굴려 줄 믿을 만하고 능력 있으며 눈치도 빠른 외부인.

어쩌면 이번 생에서도 그런 사람을 만날 수 있을지도 몰랐다.

"토르빈!"

루크는 기대감에 찬 목소리로 토르빈을 불렀다.

"도련님, 부르셨습니까?"

"혹시 오르겐 상단에 대해서 아는 거 있어?"

"오르겐요?"

뜸을 들이는 토르빈을 보자 점점 불안해졌다.

그리고 그 불안은 곧 현실이 되었다.

"글쎄요, 전 못 들어 봤는데요."

"못 들어 봤다니, 뭐 착각한 거 아니야?"

"제가 기억력이 안 좋은 건 아닌…… 아! 오르겐요?"

토르빈이 손뼉을 쳤다.

루크도 덩달아 얼굴이 밝아졌다.

"뭔가 생각났구나."

"예전에 노던에서 장사하던 상단이었죠?"

"그렇지."

"들어 본 적이 있는 것 같긴 해요. 근데 너무 오래전이라서 자세한 기억은 없는데."

루크는 이마를 짚었다.

지금 토르빈의 말투를 보면, 가문과 전혀 상관없는 그냥 평범한 상점을 말하는 것 같았다.

오르겐과 슈넬덴의 관계를 생각하면 절대 저런 반응이 나올 수 없었다.

북부의 패자인 슈넬덴.

그리고 북부의 동맥인 오르겐.

둘은 오랫동안 거래를 해 오면서 그저 사업상의 관계를 뛰어넘었다.

북부에서 오르겐의 상행이 공격받기라도 한다면, 곧장 슈넬덴이 나서 그들을 뿌리 뽑아 버렸다.

그리고 설산에 한겨울이 다가오고 본격적인 방어전이 시작될 때면, 그들은 발 벗고 나서서 보급을 담당해 주었다.

아마 오르겐은 슈넬덴이 위험에 처했을 때도 가장 먼저 손을 내밀 곳 중 하나였을 것이다.

그런 오르덴이었는데 토르빈이 저런 반응을 보인다?

저게 무슨 의미겠는가.

'오르겐도 슈넬덴과 똑같은 전철을 밟았다는 거겠지.'

코넬리오가 작정하고 오르겐을 역사 속에서 지워 버렸을 것이다.

그들이 아무리 북부를 대표하는 상단이었다고 하더라도, 코넬리오가 작정하고 나섰다면 어찌할 도리가 없었을 것이다.

녀석들은 슈넬덴마저 무너뜨렸지 않던가.

아마 오르겐도 오르겐 상단이라는 이름을 유지할 수 없었을 터.

그렇게 그들은 그저 노던의 한 상단 정도로 역사 속에 남겨졌겠지.

왠지 혀끝이 씁쓸해졌다.

노던을 기점으로 북부 구석구석을 누비던 대상단의 말로가 고작 이거라니.

루크가 상념에 잠겼을 때였다.

"아, 그리고 보니까 아주 예전에 오르겐이라는 이름을 말했던 사람이 또 있었네요."

"언제?"

"제가 여기서 막 일하기 시작할 때였으니까 10년도 더 전이죠?"

"누군지는 알아?"

"웬 어린아이가 거의 매달 찾아와서 자기가 오르겐이라고 말했거든요. 이름이 아마 래비인가 그랬을 거예요."

루크의 눈이 빛났다.

오르겐에 대한 역사가 몽땅 사라진 상황에서 오르겐을 기억해 달라는 아이라니.

분명 그 아이는 오르겐의 핏줄일 것이다.

아니면 최소한 그와 관련된 사람이리라.

"그 애가 뭐라고 했는데?"

"아빠가 아픈데 신관을 부를 돈이 없다고 우리한테 도와달라고 했어요. 하지만 아시다시피 우리도 사정이 안 좋았잖아요."

토르빈은 안타까운 듯 말했다.

10년 전이면 슈넬덴이 노던을 빼앗길 때쯤이었다.

누군가를 돕기는커녕 당장 본인들의 생존조차 확신할 수 없었다.

"그냥 올 때마다 잘 달래서 집으로 돌려보내는 게 최선이었죠."

"그 애 집도 노던이었어?"

"아뇨, 그 애는 비스크에 있는 작은 마을에 살았어요. 제가 그 집에 가서 상황을 말했더니, 그때부터는 그 아이도 안 보이더라고요."

토르빈은 '그땐 저도 신입이라 참 정신없었는데.'라며 중얼거렸다.

잠깐 추억에 잠겼던 그는 이내 정신을 차렸다.

"근데 갑자기 오르겐은 왜 여쭤보신 거예요?"

"어? 그냥 요즘 읽고 있는 책에서 오르겐이라는 이름이 나오길래."

루크는 시치미를 뚝 뗐다.

빙의한 직후라면 모를까.

안정기에 접어든 지금에서 괜히 과거를 꼬치꼬치 캐물으면 의심이 들 수밖에 없었다.

다행히 토르빈도 크게 의심하지는 않는 것 같았다.

"예전에는 꽤 장사가 잘됐다고 하더니, 책에도 나올 정도였나 보네요."

"그런가 봐. 아무튼 알려 줘서 고마워."

"제가 뭐 도움이 됐나요. 그럼 마저 식사하시고 마치면 다시 불러 주세요."

토르빈은 인사를 한 후 식당을 나갔다.

그 후에도 루크는 한동안 생각에 잠겨 있었다.

당연히 10년 전, 매달 슈넬덴을 찾아왔다던 그 아이에 대한 생각이었다.

'아마 오르겐과 관련이 있는 아이겠지?'

그렇지 않고서야 슈넬덴조차 잊어버린 오르겐의 역사를 알고 있을 리가 없었다.

비록 10년도 넘게 지난 일이지만, 그 아이를 한번 만나 볼 가치는 있었다.

만약 그 아이가 오르겐의 핏줄이라면, 그리고 오르겐의 역사를 기억하고 있다면.

그럼 가문의 큰어른으로서 슈넬덴이 오르겐을 잊은 것에 대해 사과해야 할 것이다.

이유야 어찌 되었든 피를 나눈 동료를 지켜 주지 못한 것이었으니까.

그리고 그들이 다시금 옛 영광을 되찾을 수 있도록 도와줄 생각도 있었다.

그 과정에서 자신의 돈을 믿고 맡길 만한 사람을 구할 수도 있으리라.

물론 어디까지나 그 아이가 아직도 살아 있으며 괜찮은 녀석일 때의 이야기지만.

'어쨌든 그 아이를 한 번 만나 보긴 해야겠어.'

오랜만에 만나는 오르겐의 핏줄이라······.

루크의 눈에는 묘한 기대감이 서려 있었다.

테오는 요즘 태어나서 가장 바쁜 나날을 보내고 있었다.

새벽엔 비전 전수, 오전에는 마나 연공, 오후에는 검술 수련, 저녁에는 루크와의 운동까지.

평범한 사람이라면 절대 몸이 남아나질 않을 운동량이었다.

"여섯 개!"

쿵!

그러나 거대한 바벨을 내려놓는 테오의 표정은 어둡지 않았다.

오히려 즐거워 보이기까지 했다.

'흐음, 어깨가 좀 더 넓어진 것 같은데?'

이렇게 날이 갈수록 몸이 좋아지고 있지 않은가.

매일같이 노던을 나들던 시절의 기름 가득한 몸은 흔적도 보이지 않았다.

이젠 체형만 보면 루크와 견주어도 꿀리지 않을 정도로 몸이 좋아졌다.

물론 아직 근력은 비교도 되지 않을 정도였지만, 얼굴만 가리면 누구의 몸인지 구분할 수 없으리라.

고작 몇 달 만에 생긴 변화라고 하기엔 너무나 극명했다.

가진 재능이 워낙 좋다 보니, 원래부터 몸의 성장 속도가 빠르긴 했다.

그러나 최근엔 그 속도가 훨씬 더 빨라졌다.

'루크가 해 준 마사지가 이렇게 효과가 좋을 줄이야.'

처음 루크가 회로를 칠 때는 차라리 죽는 게 낫겠다고 생각했다.

그러나 마사지가 끝난 이후엔 오히려 몸이 가볍게 느껴졌다.

'처음 운동할 때는 진짜 놀랐었는데.'

근육에 마나를 주입하기 위해 마나를 짜내는 순간, 깜짝 놀라서 바벨을 놓칠 뻔했었다.

마나가 조금도 막히지 않고 순식간에 근육까지 도달했기 때문이었다.

그때의 감각은 짜릿하기까지 했다.

예전에 집안 어른들이 어렵게 구해다 준 고급 엘릭서를 먹었을 때도 이 정도의 확연한 느낌은 없었다.

'어떻게 마사지가 고급 엘릭서보다 효과가 좋을 수가 있는 거지?'

아마 이것도 루크였기에 가능했을 것이다.

정말이지 능력을 가늠할 수 없는 녀석이었다.

그렇게 루크에게 감탄하고 있다 보니, 문득 의문이 드는 점이 있었다.

'나한테 왜 이렇게까지 해 주는 걸까?'

루크가 머리를 다치고 성격이 바뀐 이후, 그는 자신에게 정말 많은 걸 해 줬다.

답도 없던 망나니가 이렇게까지 변할 수 있었던 것은 분명 루크 덕분이었다.

그런데 어째서 그렇게 해 주는 걸까?

루크와 테오는 현재 슈넬덴의 직계이다.

그리고 가주 자리는 하나밖에 없다.

둘은 이 자리를 두고 경쟁해야 할 처지라는 의미였다.

'날 망나니로 뒀으면 가주 자리를 차지하기 더 쉬웠을 텐데.'

슈넬덴은 직계라고 해서, 또 장남이라고 해서 계승의 우선권을 주는 곳이 아니었다.

실력만 있다면 둘째든 방계든 얼마든지 가주가 될 수 있었다.

그렇다면 유력한 경쟁자인 테오를 가만히 두는 것이 합리적인 선택일 터.

하지만 루크는 그러지 않았다.

어째서일까.

한번 그런 의문이 드니 그 생각이 가시질 않았다.

그래서 그는 직접 물어보기로 했다.

"야, 루크."

그는 옆에서 운동 중이던 루크를 불렀다.

"또 무슨 쓸데없는 걸 물으려고?"

루크는 그의 속을 훤히 들여다보는 것처럼 되물었다.

워낙 많이 당했던 터라 이제는 그리 놀랍지도 않았다.

"넌 가주 경쟁은 신경 안 쓰여?"

"가주 경쟁? 그게 왜?"

"아니, 내가 강해지면 경쟁도 더 치열해지잖아."

테오는 조심스럽게 말했다.

200년 전 후계자 간의 내전 사건 이후, 슈넬덴에서는 후계자 경쟁에 관해서 이야기하는 건 꺼리는 분위기였기 때문이다.

"하하하하!"

어렵게 꺼낸 말이었음에도, 루크는 뭐가 그렇게 재밌는지 웃었다.

"뭐가 그렇게 재밌는데? 이렇게 해 줘도 어차피 난 상대도 안 된다는 거야?"

"아니, 그런 건 아니고."

루크는 웃느라 눈가에 맺힌 눈물을 닦아 냈다.

"난 금방이라도 다 쓰러져 가는 집안의 가주가 되고 싶은 마음은 없어."

루크의 눈빛은 어느새 날카로운 빛을 띠고 있었다.

"이왕 먹을 거면 일단 먹음직스럽게 키워야 하지 않겠어?"

꿀꺽.

테오는 분위기에 압도돼 마른침을 삼켰다.

"넌 무슨 말을 그렇게 하냐?"

"그냥 비유적인 표현이야."

"비유 한번 살벌하네."

"어쨌든 내가 가주가 될 가문이라면 200년 전의 슈넬덴 정도는 돼 줘야지."

"200년 전의 영광이라……."

"그러기 위해선 일단 슈넬덴의 모두가 일류가 되어야겠지. 200년 전의 슈넬덴이 그랬던 것처럼."

루크는 가볍게 미소를 지었다.

그건 마치 할아버지가 손자에게 짓는 미소 같았다.

"경쟁은 그다음에 해도 되잖아?"

"……."

테오는 차마 아무 말도 하지 못했다.

루크에게 저렇게 큰 뜻이 있었다니.

그것도 모르고 벌써부터 고작 가주 경쟁이나 생각하고 있었던 게 너무나도 부끄러웠다.

루크는 깊은 통찰력을 가진 대인이었는데, 자신은 한 치 앞만 보는 소인배였던 것이다.

'나도 앞으로는 루크를 본받아야겠다.'

테오는 속으로 다짐했다.

아니지.

이렇게 속으로만 다짐하는 것도 소인배의 행동이었다.

"오늘도 너한테 배워 간다."

"뭐를 배웠는데?"

"슈넬덴이 옛 영광을 되찾을 때까지 형제끼리 서로 돕고 의지하자. 경쟁은 그다음에 하는 거야."

테오는 감정이 북받쳐 올랐는지, 당장이라도 감격의 눈물을 흘릴 것 같았다.

그러나 그는 모르고 있었다.

이번에도 그가 루크의 미끼를 물어 버렸다는 것을.

"그럼 말 나온 김에 동생 좀 도와줘."

"뭐?"

"방금 형제끼리 돕고 살자며."

"그러긴 했는데……. 뭘 어떻게 도와 달라는 거야?"

벌써부터 불안감이 엄습해 왔다.

루크의 표정이 딱 먹잇감의 목덜미를 문 늑대 같았으니까.

"내가 며칠 자리를 비울 예정이거든."

"또? 이번에는 뭐 때문에?"

"이유는 묻지 않아 줬으면 좋겠어. 그럼 비밀리에 나가는 보람이 없잖아."

테오는 한숨을 푹 쉬었다.

루크가 걱정되어서?

절대 아니었다.

저 녀석은 마계에 던져 놔도 마왕으로 군림할 녀석이었으니까.

그동안 집안 어른들에게 둘러댈 거리를 생각해야 했기 때문이다.

"좀 부탁해, 형님."

어느새 저 멀리 가 버린 루크가 손을 흔들고 있었다.

또 언제 저기까지 멀어졌단 말인가?

그는 조금 전에 했던 생각을 취소했다.

'저게 어딜 봐서 대인이야?'

역시 저놈은 마왕의 화신이 맞았다.

"그렇게 갈 거면 차라리 나도 좀 데려가든가."

테오는 멀어져가는 루크를 보며 소심하게 투덜거렸다.

히이이잉!

"워, 워."

루크는 말의 고삐를 잡아당겼다.

말의 안장엔 샤룬의 인장이 새겨져 있었다.

그렇다.

이 말은 베르너에게 빌려 온(?) 것이다.

내일까지 슈넬덴 산 아래 빈집 앞에 말 한 마리를 놔둘 것.
간단한 식량과 물도 지참.

이렇게 부탁하는 서신까지 보냈었다.

뭐 녀석이 자는 사이에 베개 옆에 칼로 꽂아 둔 쪽지이긴 했지만, 그래도 이 정도면 꽤 신사적이지 않은가.

'아예 그놈에게 그 빈집을 사라고 해야겠어.'

앞으로 이곳저곳 돌아다닐 일이 생길 텐데, 그때마다 그놈의 침실에 들어갈 수는 없지 않겠는가.

거기에 말을 두고 눈에 띄지 않게 관리를 하게 하는 게 좋을 것 같았다.

'어쨌든 이제 비스크의 외곽에 들어온 건가?'

루크는 표지판을 보며 생각했다.

비스크는 노던과 그리 멀지는 않았지만, 이곳에 대한 기억이 많지는 않았다.

비스크는 노던과는 달리 그리 발달한 도시가 아니었으니까.

그저 비스크라는 작은 가문의 영지와 그 주변 마을 정도를 합쳐 비스크라고 불렀다.

'그래도 그때 비스크의 가주가 사람은 좋았는데.'

소박하고 영지민들에게 친근한 전형적인 농촌의 가문.

그게 루크가 기억하던 비스크가의 모습이었다.

'어쨌든 그 아이가 저 마을에 있다고 했었지?'

언덕 아래에는 마을이 하나 보였다.

비스크의 끝자락에 위치한 아토라는 작은 마을이었다.

여기저기 수소문한 바로는 저곳에 래비라는 아이가 살고 있다고 했다.

'아직 살아 있어서 다행이네.'

정확한 건 확인해 봐야겠지만 정보가 틀리진 않았을 것이다.

이렇게 좁은 마을에서는 남의 집 포크가 몇 개인지도 다 알고 있을 테니까.

"잠시 여기에 있어라."

푸르르르.

루크는 말을 나무에 묶어 두고는 언덕을 내려갔다.

아토 마을은 제법 황량했다.

'아무리 작은 마을이라도 이렇게까지 사람이 없을 수가 있나?'

루크는 고개를 갸웃했다.

지금이 추수가 다 끝난 겨울이라면 모를까.

한창 농사를 짓느라 사람들이 바쁘게 움직일 시기에 이렇게까지 마을이 조용하다니.

그렇다고 사람이 아예 없는 것도 아니었다.

'네 명, 아니 다섯 명.'

지금 창문으로 몰래 숨어 루크를 보고 있는 이가 그 정도였다.

나머지는 차마 창문 밖을 내다볼 생각도 못 하고, 집 안에 숨어 있었으니까.

그들에게서 수상한 낌새는 느껴지지 않았다.

그저 뭔가를 무서워해서 숨어 있는 것 같았다.

자신이 괴물처럼 보이기라도 하는 걸까.

'하긴 그럴 수도 있나?'

그도 그럴 게 루크는 정체를 숨기기 위해 얼굴 대부분을 덮는 복면을 쓰고 있었다.

대낮에 이런 복장을 한 사람이 마을을 활보하고 있으니, 마을 사람들이 수상하게 여기는 것도 이상한 건 아니었다.

하지만 어쩌겠는가.

아무리 슈넬덴이 예전 같지 않다고 해도, 북방에서는 자신의 얼굴을 알아보는 이가 있을 수도 있었다.

때가 될 때까지 루크 슈넬덴은 주목받아선 안 됐다.

'상관없지. 어쨌든 난 래비만 찾으면 되니까.'

루크는 마을 사람들의 시선을 뒤로한 채, 래비의 집으로 향했다.

허름하다.

래비의 집을 처음 보자마자 딱 든 생각이었다.

루크는 그 집의 모습을 보고 조금 실망했다.

'오르겐의 피가 옅어진 건가?'

그가 기억하는 오르겐은 대사막에 데려다 놓아도 선인장으로 피클을 담글 종자들이었다.

그런데 이렇게 허름한 집이라니.

모든 사정을 다 아는 건 아니었지만, 겉보기로는 장사 수완이 없는 것 같았다.

'그냥 다른 곳에다 돈을 맡길까?'

그런 생각이 들었지만, 그래도 여기까지 왔는데 얼굴도 안 보고 돌아갈 수는 없는 노릇.

루크가 막 노크를 하려던 참이었다.

"래비, 그놈에게 전해. 기한 내에 보호비를 안 내면 어떻게 되는지 알고 있으라고."

벌컥.

걸걸한 목소리가 들리더니 곧 문이 거칠게 열렸다.

커다란 덩치의 대머리 사내가 보였다.

얼굴에 험상궂은 흉터까지 보니, 직업이 대충 깡패에서 양아치쯤 되는 것 같았다.

"넌 뭐야? 너도 돈 받으러 왔냐?"

그 녀석은 루크의 복면을 보더니 인상을 팍 구겼다.

"웬 어중이떠중이가 다 끼는구먼."

그러고는 루크의 어깨를 툭 치며 지나갔다.

'그냥 대가리를 날려?'

루크는 그 생각을 간신히 참았다.

상대가 누구인지도 모르는 상태에서 일을 키울 수는 없었기 때문이다.

그놈의 뒤통수를 째려본 후, 다시 집 안으로 시선을 돌렸다.

"콜록, 콜록……!"

거기엔 한 남성이 낡은 침대에 누워 기침을 하고 있었다.

그 사내를 보자 루크는 오르겐에 대한 평가를 조금 수정했다.

10년도 더 전부터 병상에 있었다던 아버지가 여전히 살아 있지 않은가.

아마 약을 계속해서 먹인 덕분일 것이다.

신관의 축복만큼은 아니더라도, 약을 구하려면 꽤 많은 돈이 필요했을 터.

적어도 이런 농촌의 가난한 집에서 감당할 수준은 아니었다.

그 말은 래비가 어떻게든 약값을 구하고 있다는 의미였다.

조금 더 지켜봐도 괜찮을 것 같았다.

"누구십니까? 콜록!"

"래비 오르겐을 만나러 왔는데."

그 말에 잠깐이지만 사내의 눈이 흔들렸다.

"오르겐이라니요……?"

"여기가 오르겐가가 아니었나?"

"실례지만 누구신지 여쭤봐도 되겠습니까?"

"오르겐을 기억하고 있는 슈넬덴의 혈족."

그러자 사내는 곧장 루크를 향해 머리를 푹 숙였다.

"북방의 영원한 바퀴, 오르겐의 가주 하일 오르겐이 인사 올리겠습니다."

다행히 집을 정확히 찾아온 것 같았다.

Chapter 2

"아냐, 아냐. 그렇게까지 할 필요 없어. 몸도 안 좋다면서."

"콜록, 콜록!"

아니나 다를까, 하일은 연신 기침을 해 댔다.

"거봐, 병상에 누워서만 지내던 사람이 그렇게 갑자기 일어나면 어떡해?"

"죄송합니다. 말로만 듣던 슈넬덴을 이렇게 직접 만나게 되니, 저도 모르게 흥분을 해 버렸습니다."

하일이 입을 가리고 있던 천을 뗐다.

거기엔 조금이었지만 붉은 피가 묻어 있었다.

피를 토할 정도라니.

병세가 좋지 않은 모양이었다.

이래서야 뭔가 물어보기도 미안해졌다.

"일단 제대로 누워 봐."

"예."

루크는 하일의 배에 손을 가져다 댔다.

그 모습이 마치 의원 같았다.

우우웅―!

루크의 손에서 빛이 나는가 싶더니, 하일의 몸으로 스며들었다.

그러자 하일의 기침이 멈췄다.

뿐만 아니라 몸도 훨씬 가벼워졌다.

마치 병이 낫기라도 한 것처럼.

"이, 이건 설마 축복입니까?"

"난 신관이 아니야. 그냥 임시방편으로 꼬여 있던 마나를 푼 것뿐이지. 그래도 고통은 좀 완화될 거야."

"감사합니다. 저 같은 놈을 위해서……."

"너무 무리하지 마. 애써 푼 마나 다시 꼬이니까."

"예, 예!"

하일은 몸을 고쳐 누우면서도 연신 고맙다고 인사를 해 댔다.

"그나저나 슈넬덴이 아직도 오르겐을 기억하고 있는 줄은 몰랐습니다."

"나도 자세히 기억하는 건 아니야. 그냥 책에서 오르겐에 대한 이야기를 읽은 것뿐이니까."

"괜찮습니다. 어쨌든 슈넬덴에 저희 가문을 기억하고 있는 혈족이 계신다는 말이니까요."

솔직히 루크는 조금 놀랐다.

자신은 지금 복면 차림이었다.

누가 보더라도 수상한 차림새.

그러나 하일은 슈넬덴이라는 말 한마디에 모든 의심을 내려놓았다.

그만큼 슈넬덴에 대한 충성심이 남아 있다는 의미 아니겠는가.

"그래서 말인데 오르겐이 어쩌다 시골 마을의 농부가 된 거지? 어떤 역사서에도 이유가 나와 있지 않던데."

하일의 표정이 어두워졌다.

표정만 봐도 그간의 고난이 느껴지는 것 같았다.

"그게……."

그는 우물쭈물하며 입을 열었다.

조금 이야기가 길어질 것 같았다.

그의 이야기에 따르면, 오르겐의 가세가 기운 건 슈넬덴의 내전이 한창이었을 때라고 했다.

슈넬덴이 비전서와 그 비전의 주석서를 내다 팔며 병력을 모집하고 있을 당시, 오르겐은 될 수 있는 한 이를 사들였다.

그것들이 욕심나서?

그렇지 않았다.

훗날 내전이 끝나고 슈넬덴이 다시 안정되면, 그때 다시 슈넬덴에 돌려주기 위해서였다.

그러니까 그들은 슈넬덴의 비전이 유출되지 않도록 지켜 주던 셈이었다.

이러니 코넬리오가 가만둘 리가 있겠는가.

그들은 온갖 수를 동원해 오르겐을 망하게 했고, 그들의 전 재산과 모아 둔 주석서를 빼앗았다.

그뿐일까.

슈넬덴을 망가뜨리는 데 걸림돌이 될 거라 판단해서 오르겐을 아예 역사에서 마저 지워 버리기까지 했다.

코넬리오에게 모든 것을 빼앗긴 오르겐은 결국 노던을 떠나 이 마을에 자리를 잡게 되었다고 한다.

그리고 자신들만이라도 이 역사를 기억하기 위해, 대대로 이 역사를 전해 오고 있었던 것이다.

'이 망할 놈들!'

그건 코넬리오에 놀아난 자식들에게 하는 말이었다.

오히려 오르겐에서 비전과 주석서의 중요성을 알아보고, 그걸 챙겨 주는 꼴이라니.

이보다 한심할 수가 없었다.

한편으로는 오르겐에게 감동하기도 했다.

지금 슈넬덴의 상황을 생각해 보라.

봉신 가문들마저 모두 등을 돌린 이 시점에 아직도 슈넬덴의 옛 영광을 기억하고 있지 않은가.

오히려 슈넬덴보다도 훨씬 안 좋은 꼴을 당하고도 말이다.

"내가 슈넬덴가를 대표해서 사과할게. 그리고 오르겐이 보인 충심은 반드시 답례하지."

"어휴, 아닙니다. 전부 조상님들이 하신 일이지요. 저는 그저 일개 농부일 뿐입니다."

"그럼 그 조상의 덕을 본다고 생각해도 돼."

"감사합니다. 그런데 여긴 래비를 보러 왔다고 하셨습니까?"

"응."

"지금 그 아이는 비스크에 장사하러 갔습니다. 이제 곧 올 때가 되긴 했는데……."

그는 뭔가 불안한 듯 창밖을 내다보았다.

그러나 루크에겐 그것보다 더 흥미로운 정보가 있었다.

"아들이 장사를 해?"

"조상님의 피 덕분인지 나름 수완이 좋은 녀석입니다. 아들 덕분에 약을 계속 타 먹을 수 있게 된 거죠."

듣던 중 반가운 소리였다.

오르겐은 여전히 슈넬덴을 기억하고 있는 데다가, 그 핏줄 중 하나가 장사에 수완이 좋다니.

딱 그가 생각했던 상황이었다.

'역시 래비를 직접 봐야겠어.'

루크가 그렇게 생각하고 있을 때였다.

'오우거도 제 말하니까 나타나는군.'

끼익.

문이 조심스럽게 열렸다.

"아빠, 마을 사람들한테 들었는데 마을에 복면을 쓴 수상한 녀석이 돌아다닌대. 그놈들 위민단일 수도 있으니까 조심……."

하일과 닮은 탁한 금빛 머리와 파란 눈을 가진 소년이었다.

그 소년은 루크와 눈을 마주치더니 말을 멈췄다.

"그 복면남이 여기 있었네?"

그건 경계의 눈빛이었다.

"너도 위민단인가? 이번 달 보호비는 이미 냈잖아."

저 말을 들으니 몇 가지 이상했던 점이 한 번에 풀렸다.

위민단.

아마 조금 전 이 집을 나갔던 양아치 녀석들일 것이다.

마을 사람들이 자신을 두려워했던 것도, 아마 자신을 위민단이라고 생각해서였겠지.

그런데 그런 양아치들이 보호비를 명목으로 버젓이 삥을

뜯고 있는데, 비스크가는 뭘 하고 있는 걸까.

고작 그런 폭력배 하나 어찌하지 못하는 건 아닐 텐데.

루크가 그런 생각을 하는 사이, 하일이 먼저 나섰다.

"래비, 이분은 위민단이 아니라 슈넬덴의 혈족이시다. 감사하게도 오르겐을 기억해 주고 계시지. 얼른 인사부터 올리거라."

"슈넬덴? 그놈들이 여긴 무슨 일인데."

래비는 루크 쪽으로 시선을 돌렸다.

"이봐요, 난 아빠나 다른 조상과는 달리 슈넬덴을 받들어모실 생각은 없어요. 여태 것처럼 그냥 서로 모르는 사이로 지냅시다."

그의 눈에는 독기가 잔뜩 서려 있었다.

나이가 열여덟 살이라고 했는데, 고작 그 나이 먹은 아이의 눈이라고 하기엔 제법 많은 감정이 묻어났다.

그럴 만도 했다.

어릴 적 슈넬덴의 정문 앞에서 그토록 오르겐을 부르짖었으니.

그것이 상처로 남지 않았을 리 없을 터.

'고놈 눈빛은 마음에 드네.'

솔직히 말하면 하일의 눈은 정말 평범한 농부의 그것 같았다.

높은 사람을 공경하면서도 두려워하는 그런 평범한 사람

의 눈빛.

200년의 세월 동안 거상의 피가 옅어졌기 때문이라고 생각했었다.

그러나 래비의 눈빛은 달랐다.

자고로 거상은 저런 눈을 가지고 있어야 했다.

과거 자신과 함께했던 오르겐도 저런 눈을 가지고 있었으니까.

그러나 래비는 루크와 달리 불만이 가득했다.

"대낮부터 재수 없으려니까……. 저 사람이 가고 나면 불러."

쾅!

래비는 문을 닫고 나가 버렸다.

"저, 저, 저……!"

하일은 당황하며 제 아들을 잡으려 했다.

"아니야. 굳이 안 잡아도 돼."

"죄송합니다. 저 녀석이 원래 저런 애가 아닌데."

"원래부터 저런 것 같은데?"

"예?"

"아니야. 아무튼 내가 따라가 볼 테니까 걱정하지 말고 쉬고 있어."

루크는 흥미로운 미소를 띤 채 집을 나섰다.

'왜 인제 와서 슈넬덴이 찾아온 건데?'

래비는 아직도 분을 삭이지 못했다.

그는 아직도 과거의 일을 잊지 않았다.

아버지의 약값이 없어서 슈넬덴을 찾아가 도와 달라고 빌던 그때를.

물론 그들이 반드시 도와줘야 할 의무가 있는 건 아니었다.

하지만 슈넬덴을 도우려다 오르겐이 망하지 않았던가.

그땐 어린 마음에 오르겐의 충성을 생각해 주길 바랐던 것뿐이다.

슈넬덴에서 문전박대당하면서 알게 되었다.

이 세상은 혼자서 살아가야 하는 거구나.

살기 위해선 남의 도움을 구할 게 아니라, 나 자신이 무엇이든 해야 하는 거구나.

그 이후로 비스크의 한 상점에 들어가 허드렛일을 시작했고, 이제는 작지만 자기 사업을 시작할 수도 있게 되었다.

버는 족족 약값에 그동안 빌렸던 빚을 갚다 보니 아직 규모를 키우지는 못했다.

'위민단 놈들이 보호비를 내라는 소리만 안 했어도 이렇게까지 힘들진 않았을 텐데.'

"이봐, 래비. 반가워."

그때 앞에서 웬 걸쭉한 목소리가 들려왔다.

조금 전에 래비의 집을 들렀던 그 양아치였다.

"잭?"

"이번 달 보호비 걷으러 왔어. 이 마을에선 너희 집만 안 냈거든."

"우리 집은 월초에 냈잖아."

"아니, 그건 옆집 보호비였지. 지금 건 너희 집 보호비."

"뭔 말도 안 되는 소리야? 그 사람들은 저번 달에 마을을 떠났잖아."

"옆집이 마물의 습격이라도 받으면 너희라고 무사하겠어? 우리 위민단이 옆집도 지켜 주니까 너희도 안전한 거야."

"개소리……."

"야, 래비."

잭의 목소리가 착 가라앉았다.

"내가 말 받아 주니까 ×같이 보이지?"

"뭐?"

"너 같은 놈은 내가 아주 잘 알아. 말이 필요 없이 이쪽이 훨씬 빠르지."

퍽.

잭은 래비의 복부를 발로 차 버렸다.

래비는 숨이 잘 쉬어지지 않았다.

그러나 잭은 거기서 멈출 생각이 없어 보였다.

"그냥 돈 가져오라면 가지고 올 것이지, 뭔 말이 그렇게 많아, 응?"

"이 돈은 안 돼. 이번 달 아빠 약값이라고."

"그러니까 우리 보호받고 안전한 환경에서 더 열심히 돈 벌면 되잖아."

"절대 안 돼."

"해 봤어? 안 해 보고 그런 말 하기는……. 그게 다 네 노오오오오력이 부족해서 그런 거야."

잭은 자기가 한 말이 웃겼는지 혼자 낄낄거렸다.

"그러니까 좋은 말로 할 때 보호비 내놔라."

"안 돼."

"그래, 그럼 넌 보호받을 자격이 없겠다."

잭이 다시 한번 발길질을 하려던 순간이었다.

"이야, 속이 다 시원하네. 안 그래도 초면에 무례하게 굴어서 한 대 쥐어박고 싶었는데."

"뭐, 뭐야?"

잭은 바로 뒤에서 목소리가 들려오자 깜짝 놀라며 고개를 돌렸다.

웬 복면을 쓴 사내가 어느새 바로 뒤까지 와 있었다.

"근데 이제 그만해. 그거 한 대로 무례하게 군 값은 했으니까."

"너는 좀 전에 저 녀석의 집에서 봤던 놈이구나. 보아하니 그냥 빚쟁이는 아닌 것 같고……."

잭은 다시 래비 쪽을 보았다.

"뭐 용병이라도 불렀냐? 그런다고 위민단이 마을에서 물러날 것 같아?"

"아니, 용병은 아니야."

그에 대한 대답은 루크가 대신해 주었다.

"그럼 빚쟁이였어?"

루크는 굳이 대답하지 않았다.

대답이 없었음에도 잭은 입을 나불거렸다.

"이봐, 뭘 모르나 본데, 여긴 위민단이 관리하는 구역이야. 우린 보호비를 받고 너 같은 무법자들로부터 마을을 지킨다고."

우두두둑!

그는 위협을 주기라도 하려는 듯 손가락 관절을 풀었다.

"정의의 이름으로 민중에 편에 서서 너 같은 무뢰배를 처단해 주지."

한없이 어색한 대사에 루크는 자칫 웃음이 나올 뻔했다.

"너도 지금 네가 개소리를 하고 있다는 건 알고 있지?"

"뭐?"

"그 정도도 모르면 사람이 아니라 오크라고 불러야 하지 않을까?"

"네 턱부터 박살 내 주지."

잭은 마나를 피워 올리기 시작했다.

그러거나 말거나 루크는 그를 무시하고 래비 쪽을 쳐다보았다.

"래비, 일단 저놈부터 처리하고 마저 대화하자고."

척.

그러고는 다시 잭을 향해 몸을 돌렸다.

그날 잭은 조금 더 빨리 알아야 했다.

이 싸움에서 도망치지 않은 것이 그의 인생에서 가장 큰 실수가 될 거라는 것을.

'동네 양아치치고는 실력이 제법 괜찮은데?'

루크는 잭을 보며 생각했다.

자세를 보아하니 싸움판에서 꽤 굴러 본 녀석 같았고, 나름 마나도 다룰 줄 아는 듯했다.

'마나를 다룰 줄 알면 이렇게 삥을 뜯고 다닐 게 아니라 가문의 가신 기사로 들어가면 될 텐데.'

거기까지 생각이 이르자 루크의 머릿속엔 한 가지 가능성이 떠올랐다.

저 녀석이 그냥 싸움을 좀 할 줄 아는 양아치가 아니라, 기사가 양아치인 척 돌아다니고 있는 거라면?

이쪽이 훨씬 개연성 있는 추측이었다.

아니면 뭐 하러 마나까지 익힌 녀석이 마을이나 돌아다니며 뼁을 뜯고 있겠는가.

무예가 전부인 세상인 만큼 기사가 되는 쪽이 훨씬 높은 지위가 보장되는데.

다행히도 그 가능성을 확인하는 방법은 그리 복잡하지 않았다.

'뭐 몇 대 패 주고 나면 알아서 다 불겠지.'

루크가 무릎을 굽히는가 싶더니 순식간에 사라져 버렸다.

슉–!

그는 어느새 잭의 머리 위에서 나타났다.

오의가 온전히 담겨 있는 백운보의 모습이었다.

'뭐야?'

잭은 위에서 느껴지는 스산한 느낌에 고개를 들었다.

마치 도끼처럼 내려치는 발이 보였다.

'저기에 찍히면 머리가 쪼개질 거야!'

확신이 들었다.

잭은 얼른 팔에 마나를 둘렀다.

녀석의 다리를 낚아챈 다음에 바로 반격하리라.

그런 생각을 하면서 팔을 들어 올렸다.

그러나 그건 그의 머릿속에서만 일어나는 망상일 뿐이었다.

빠각.

현실에선 섬뜩한 소리와 함께 엄청난 고통이 전해졌다.

루크의 발을 막으려던 팔이 부러져 버린 것이다.

잭은 이 상황이 이해되지 않았다.

아무리 그래도 그렇지 마나까지 두른 팔이 어떻게 발차기 한 번에 부러질 수 있단 말인가.

하지만 그 의문은 오래가지 못했다.

자신의 팔만으로는 만족하지 못한 상대의 발이 이젠 자신의 머리마저 노리고 있었으니까.

'머리는 안 돼.'

잭은 죽을힘을 다해 몸을 비틀었다.

덕분에 머리는 피할 수 있었지만, 그 대신 오른쪽 어깨를 내주고 말았다.

"끄아아아악!"

어깨가 주저앉아 버린 잭은 바닥을 뒹굴었다.

그런 잭을 향해 다가오는 루크의 모습은 마치 사신 같았다.

"오, 오지 마!"

잭이 겁에 질려 외쳤다.

"그럼 네가 올래?"

"내가 누군지 아느냐?"

"잭이라며."

"나는 비스크가의 기사다."

"오, 역시 기사였군."

"그렇다. 이 이상 내게 해를 가한다면 이는 곧 비스크가에 대항하는 것으로 간주하겠노라!"

루크는 잭의 정체에 대해서 들으며 자신의 예상이 맞았음을 알아챘다.

하긴 웬 양아치들이 보호비를 명목으로 대낮에 버젓이 마을 사람들의 삥을 뜯고 다니는데, 이를 영주가 가만히 두고 볼 리가 없었다.

마을 사람들이 삥을 뜯길수록 자신들에게 들어올 세금이 줄어들게 될 테니까.

위민단이라는 녀석들이 이렇게 설치고 다닐 수 있었던 이유는 바로 비스크가 뒤를 봐주고 있었기 때문이었다.

'이유야 뻔하지.'

세금을 더 많이 걷고 싶어서였을 것이다.

분명 비스크가는 이미 온갖 명목으로 세금을 걷고 있을 터.

여기서 돈을 더 걷으려니 명목이 없었고, 그래서 양아치들까지 동원한 것이다.

'비스크가도 타락했나 보군.'

이상할 건 없었다.

200년이라는 시간은 대륙에서 손꼽히던 가문을 망가뜨릴 수도, 북부를 주름잡던 상단을 잊히게 할 수도 있는 시간이었으니까.

그래도 이들을 이대로 둘 순 없었다.

'래비를 시험하기 위해서는 이놈들부터 처리해 줘야겠어.'

보아하니 저놈들이 래비의 돈을 중간에서 가로채고 있는

것 같았다.

래비의 능력을 시험하기 위해서 기껏 종자돈을 주면, 저놈들이 홀랑 가져가 버릴 수도 있지 않겠는가.

공정한 시험을 위해서라도 저놈들은 처리해야 했다.

루크가 그런 생각을 하고 있는 사이, 잭의 표정에는 점점 자신감이 감돌았다.

'내 위협이 먹혔구나.'

그는 으스러진 어깨를 부여잡고 몸을 일으켰다.

엄청난 고통이 느껴졌지만, 그것보다도 안도감이 더 컸다.

"네놈이 내게 범했던 무례는 특별히 용서하지."

그러고는 래비 쪽을 돌아보았다.

그의 얼굴엔 어느새 비릿한 미소가 맴돌았다.

"그럼 우린 하던 얘기를 마저 해야겠지?"

"아니, 원하는 건 다 얻었으니까 이제 얘기는 끝이야."

대답을 한 건 래비가 아니라 루크였다.

"감히 기사가 이야기하는데 어디⋯⋯!"

뻐억!

말이 끝나기도 전에 루크의 주먹이 면상에 꽂혔다.

그의 몸이 두둥실 떠오르는가 싶더니 바닥으로 고꾸라졌다.

입에서 피어오르는 게거품이 그의 상태를 대변해 주었다.

"자, 그럼 방해꾼은 처리했고⋯⋯."

이번에는 루크가 래비를 보았다.

"우리끼리 이야기나 할까?"

"제가 왜요?"

래비는 여전히 뾰로퉁하게 대답했다.

'그냥 저놈에게 좀 더 맞게 둘 걸 그랬나?'

그랬으면 좀 더 버릇 있게 대답하지 않았을까.

루크는 그런 생각이 들었다.

"구해 줬다고 제가 고마워하면서 머리라도 숙일 줄 알았나 본데, 착각입니다."

10여 년 전 그때의 일이 생각나기라도 한 걸까.

래비는 발악하듯 외쳤다.

"어차피 그것도 슈넬덴의 위선이겠죠. 우리가 진짜 필요할 때는 도와주지도 않으면서!"

"지랄하네."

……딸꾹.

루크의 예상치 못한 답변에 래비는 그만 딸꾹질이 나고 말았다.

그러거나 말거나 루크는 차가운 음성으로 이야기를 이어갔다.

"정말로 너와 네 아비가 슈넬덴의 도움을 받을 자격이 있다고 생각하나?"

"당연하죠! 오르겐은 슈넬덴에게 충성을 다했고 그러다 상단이 망해 버렸으니까요."

"그건 네 조상들이 한 거지."

"뭐라고요?"

"슈넬덴에게 도움을 당당히 요구할 권리를 가진 건 선대 단주들이라고. 너희가 아니라."

"……."

"너와 너의 아버지는 슈넬덴을 위해 뭘 했지?"

"그건……."

"슈넬덴이 발 벗고 도와줄 만한 일을 했던가?"

래비는 할 말이 없었다.

뭔가 억울한 것들이 속에서 맴돌았지만, 저 녀석이 한 말을 명백하게 되받아칠 말은 떠오르지 않았다.

"10년 전에야 어려서 그랬다고 치더라도…… 아직도 슈넬덴이 안 도와줬다고 징징거리고 있다니, 명색이 오르겐의 피를 받은 녀석이 이렇게나 철이 없어서야."

"당신이 뭘 안다고……!"

"어차피 슈넬덴과 오르겐의 관계는 끊어졌어. 슈넬덴은 누군가를 챙기지 못할 만큼 무너졌고, 오르겐은 역사에서 지워져 버렸지."

너무나도 적나라한 사실이었다.

그러나 루크의 말을 듣고 있자니 오히려 머리끝까지 치밀었던 화가 식는 것 같았다.

그렇다.

둘의 관계는 오래전에 끊겼다.

그러니 더 이상 그 연에 매달릴 수 없었다.

자신도 그걸 깨달았기에 혼자서 돈을 벌기 시작한 것 아니었던가.

제힘으로 아버지를 치료하기 위해서.

그러니까 인제 와서 슈넬덴 녀석에게 화를 낼 필요도 없었다.

그저 지금처럼 자신이 신관을 부를 수 있을 때까지 돈을 벌면 되는 것이다.

래비가 그런 결론에 다다를 때쯤, 루크의 입가엔 미소가 그려졌다.

"그러니까 다시 관계를 만들어야 하지 않겠어? 과거 슈넬덴과 오르겐이 그랬듯."

그 말은 래비의 마음속 깊은 곳까지 파고들었다.

저 녀석이 하는 말을 조금 더 들어 보고 싶었다.

"어떻게요?"

"어떻게라니, 당연히 거래를 하는 거지."

"뭐를 거래하죠?"

"내가 돈이 꽤 많아. 그리고 지금 그걸 관리해 줄 사람을 찾고 있지."

"나보고 고작 자산 관리인이나 하라는 겁니까?"

"이 돈을 잘만 관리해 주면 네게 북부 최고의 상단이 될 기회를 줄 수도 있어."

"흥! 누굴 바보로 아나……."

래비가 코웃음을 쳤다.

그는 슈넬덴의 상황이 어떤지 잘 알고 있었다.

당장 이자를 낼 돈도 없어 관리하던 도시마저 빼앗기는 가문.

그런 가문이 무슨 돈이 있어서 저런 자신감을 보인단 말인가?

툭.

그러나 루크는 대답을 하는 대신에 주머니에서 작은 돌덩이 몇 개를 꺼냈다.

언뜻 보기엔 길거리에서 쉽게 주울 수 있는 돌멩이 같아 보였다.

그러나 그걸 본 래비의 동공은 지진이라도 난 것처럼 흔들렸다.

"그건 흑철광석? 그 귀한 걸 어떻게……?"

"장사를 한다더니 보는 눈은 있나 보군."

루크는 아예 주머니를 뒤집었다.

흑철광석이라는 돌멩이가 손바닥 위로 우수수 떨어졌다.

래비의 눈은 찢어지기 직전까지 커졌다.

"그 정도면 저택 두세 채는 거뜬할 텐데."

"말했잖아, 돈이 꽤 많다고. 그리고 앞으로 들어올 돈은 더 많아."

루크의 웃음이 더욱 짙어졌다.

"난 이 돈을 맡길 만한 능력 있는 관리인을 찾고 있어. 네가 싫다면 다른 사람을 찾아보도록 하지."

루크는 흑철광석을 다시 집어넣고는 몸을 돌렸다.

그의 뒷모습에선 어떤 미련도 보이지 않았다.

당장 이대로 뒤도 돌아보지 않고 떠날 것처럼 보였다.

래비의 다급한 목소리가 들리기 전까지는.

"자, 잠깐만요."

"마음이 바뀌었나?"

래비는 입을 우물거렸다.

직전까지 자신이 뱉어 놓은 말들 때문에 쉽게 입을 열 수가 없었다.

그러나 흑철광석이 자꾸만 눈에 아른거렸다.

광택이나 강도 모든 면에서 뛰어난 덕분에, 장식품으로도 무기로도 쓰임새가 많은 흑철광석.

그걸로 돈을 벌 수 있는 수십 가지의 방법들이 머릿속에서 떠올랐다.

상인으로서 이런 기회를 놓칠 수는 없었다.

"제게 공자님의 재산 중 일부를 맡겨 주십시오."

"그럼 네 능력을 증명해야겠지."

"뭐든 자신 있습니다."

어느새 래비의 말투는 공손하게 변해 있었다.

그건 루크가 아니라 루크가 가진 돈에 대한 공경이었다.

루크도 그걸 알고 있었지만 상관하지 않았다.

자본에 충성을 다하는 모습.

사람에 따라 다르겠지만, 상인이라면 당연히 가지고 있어야 할 자세였다.

오히려 저런 태도가 마음이 편했다.

시골 영지의 평범한 상인인 래비에게 자신보다 더 많은 돈을 투자할 사람은 없을 터.

이것만으로도 당분간 래비의 충성심은 자신이 독점하게 된 것이다.

'이렇게 거래가 시작되고 그것이 계속되면서 신뢰가 쌓이는 거지.'

그 옛날 슈넬덴이 오르겐이 그랬던 것처럼.

"이걸 능력껏 두 배로 불려 봐. 기간 제한은 없지만 빠를수록 좋겠지?"

루크는 흑철광석 주머니를 건네며 말했다.

이제 막 장사를 시작한 열일곱 살짜리 소년 상인에게는 부담될 수도 있는 요구였다.

그러나 래비의 눈빛은 오히려 자신감으로 차 있었다.

"세 배."

"음?"

"세 배로 불려 드리죠."

"너무 무리 안 해도 되는데."

"자신 있습니다."

루크는 래비의 대답이 만족스러웠다.

명색이 자신의 자산 관리인이 될 자인데, 이 정도의 배짱은 있어야겠지.

"좋아. 그럼 네가 시험을 잘 치를 수 있게 환경을 만들어 주지."

"그 말씀은?"

"앞으로 위민단이나 비스크가 널 방해하는 일은 없을 거야."

"말씀은 감사하지만 아무리 슈넬덴이라 해도 그 녀석들을 처리하는 건 쉽지 않을 겁니다."

"나도 자신 있거든. 내 걱정 말고 넌 돈을 불리는 데에만 집중해."

여전히 복면을 쓰고 있는 탓에, 래비는 루크의 표정을 볼 수 없었다.

그러나 그 자신감만큼은 그대로 전해졌다.

자신이 돈을 세 배로 불리겠다고 하던 때보다도 더 확실한 자신감이었다.

"만약 공자님께서 그리 해 주신다면 재산을 네 배로 불릴 수도 있을 겁니다."

"좋은데?"

"그럼 바로 계약서를 쓰러 가실까요?"

루크는 그런 래비를 보며 흐뭇해졌다.

저런 태도가 바로 오르겐의 핏줄임을 증명하는 것이었으니까.

⚜

일단 래비에게 시험을 던져 주기까지는 성공했다.

분명 그의 눈빛은 자신이 알던 오르겐의 그것이 맞았다.

그러나 눈빛만으로 그의 능력을 온전히 판단할 수는 없는 법.

정말로 일을 맡길 수 있는지 직접 증명해야 했다.

그리고 루크가 할 일은 래비가 그 시험을 잘 치를 수 있도록 환경을 만들어 주는 것이었다.

'일단 위민단이라는 녀석들부터 다 처리해야겠군.'

알아보니 위민단은 비스크 영지 내 서너 개의 지부를 두고 돈을 걸고 있다고 했다.

그래 봐야 대부분 동네 양아치에 몇 명의 초급 기사들이 섞인 것이니, 혼자서 처리하는 건 그리 힘들지 않았다.

'지부를 처리한다고 해도 여전히 본부가 남아 있으면 똑같

잖아.'

본부는 당연히 비스크가 본가에 있을 터.

문제는 가문을 건드렸다가는 일이 커질 수밖에 없다는 점이다.

아무리 복면을 쓰고 있다지만 자신의 행적을 조금만 쫓다 보면, 분명 자신이 루크 슈넬덴이라는 것이 알려질 것이다.

'답답한데 그냥 정체 다 까 버려?'

잠깐 그런 생각이 들다가도 이내 접어 버렸다.

자신이 테오에게 늘 말하지 않았던가.

꼬우면 강해지라고.

같은 이치였다.

꼬우면 자신과 슈넬덴이 지금보다 더 강해지면 된다.

그럴 자신이 없다면 이렇게 머리를 굴려야 하는 것이고.

"쩝, 몸이 안 좋으니 머리가 고생이네."

루크는 그 자리에 앉아 한동안 방법을 생각했다.

잠시 후.

딱!

뭔가 떠올랐는지 손가락을 튀겼다.

'비스크가를 건드리는 이상 일이 커지는 건 막을 수 없어.'

그렇다고 가지만 쳐서는 위민단의 횡포를 끝낼 수도, 래비가 시험을 칠 만한 환경을 조성할 수도 없다.

그러니 방법은 딱 하나.

'나를 위한 화살받이를 만들면 되겠네.'

자신과 이 일을 함께해 줄 사람.

일이 커졌을 때 그 주목을 오롯이 받을 사람.

그러면서도 그 주목을 자신의 양분으로 삼을 수 있는 사람.

이런 이상적인 조건을 갖춘 사람이 바로 옆에 있었다.

'테오 녀석의 이름을 좀 빌려야겠네.'

낄낄거리며 일어나는 루크의 모습이 그렇게 악랄해 보일
수가 없었다.

위민단 제 1지부.

이곳은 비스크 영지 내 있는 모든 위민단 지부 중 가장 규
모가 큰 곳이었다.

"여, 바일스. 어딜 갔다 오는 거야?"

"저번에 보호비 못 내는 년한테 봉사받으러 갈 거라더니,
벌써 다녀온 거야?"

"오오! 그년 몸매가 죽이던데, 다음엔 나도 같이 가면 안
되냐?"

단원들이 휘파람을 불어 댔다.

그러나 바일스라는 사내의 얼굴엔 짜증이 가득했다.

"나도 마음 같아선 그러고 싶다. 근데 본부에서 뭘 좀 조

사하라잖아."

"조사? 그런 건 밑에 녀석들 맡기면 되지. 우리가 나서야
할 일이야?"

"요즘 위민단 지부를 터는 놈이 있대. 그래서 밑에 놈들만
보내면 안 된다네."

바일스는 인상을 한껏 찌푸린 채로 머리를 벅벅 긁었다.

"위민단 지부가 털려? 전혀 못 들어 본 이야긴데?"

"3지부가 털리고 그 소식이 전해지기도 전에 2지부가 털렸
으니까. 본부도 이제야 상황 파악하려는 건가 봐."

"어떤 놈이?"

"귓구멍 막혔냐? 그걸 지금부터 조사하는 거라고."

"새끼 말본새 하고는……. 그런데 3지부, 2지부 순서면 이
번엔 우리 차례네?"

지부에는 아주 잠깐 싸한 분위기가 감돌았다.

하지만 이내 사내들의 웃음이 터져 나왔다.

"크하하하하! 아무리 미친놈이라도 여길 털러 오겠냐?"

"아무리 대가리가 비었어도 여긴 안 못 올 거다."

"여긴 기사가 다섯 명이나 상주하는 곳이라고."

"단원까지 포함하면 서른 명도 넘을 거다. 자살하고 싶은
놈이 아니고서야 여길 오겠냐?"

바로 그때였다.

콰앙!

지부의 정문이 굉음을 내며 부서진 것은.

그리고 뭉게뭉게 피어오르는 먼지구름 사이로 한 사내가 걸어 나왔다.

사내의 얼굴엔 복면이 둘려 있었다.

그 복면 사내는 내부를 한 바퀴 쭉 둘러보았다.

"여긴 생각보다 사람이 더 많네. 1지부라서 그런가?"

그 능청맞은 목소리에선 앳된 기색이 역력했다.

많이 쳐 줘 봐야 10대 후반의 소년이라고 생각될 정도였다.

"어떤 새끼야?"

"네가 위민단을 털고 다닌다는 그 자식이냐?"

"오, 잘 알고 있네. 그러면 말이 잘 통하겠다."

사내는 능청스럽게 말을 이어 갔다.

"내가 여기 온 목적은 간단해. 너희들이 마을 사람들 돈을 각출한 장부만 내놓으면 돼. 그럼 나도 조용히 돌아갈 거고."

"그냥 또라이였군."

"하아, 그냥 한 번에 협조하면 안 되나? 꼭 몸을 움직이게 만들지?"

"네가 어딜 기어들어 왔는지 모르나 보네."

바일스가 팔을 들어 올렸다.

그러자 2층에서 사내들이 우르르 내려왔다.

어림잡아도 서른 명은 넘어 보였다.

하나같이 험상궂은 외모를 한 사내들.

그들은 1지부에 상주하는 위민단원들이었다.

그들이 나타나자 바일스의 입가엔 자신감이 감돌았다.

"이제야 상황 파악이 좀 되나? 여긴 네가 털고 다니던 지부들이랑 달라."

바일스는 상대가 겁을 먹었을 거라고 확신했다.

그러나 정작 상대는 전혀 겁을 먹지 않은 것 같았다.

"그럼 협조할 생각은 없는 것 같으니까 강제 집행한다."

"저 자식, 당장 조져!"

바일스의 지시를 받은 위민단이 일제히 사내를 향해 달려들었다.

그럼에도 사내는 천천히 검을 뽑았다.

벨무스.

사내가 뽑아 든 검에서 그 글자가 눈에 들어왔다.

그러나 거기에 집중할 수는 없었다.

그것보다 그 검신으로 몰려드는 마나에 더 눈길이 갔으니까.

어디선가 불어온 바람이 목 뒤를 훑고 지나갔다.

그 서늘함은 마치 칼에 베인 것 같았다.

바람이 향하는 곳은 사내가 들고 있는 검 끝.

똑.

바일스의 목덜미를 타고 식은땀 한 방울이 흘러내렸다.

'위험하다.'

근거는 없었다.

자신의 직감이 그렇다고 외치고 있었다.

하지만 몸이 움직이지 않았다.

마치 다리가 얼어붙은 것처럼.

그사이 사내의 검 끝에 모인 한기가 이리저리 얽히기 시작했다.

한 가닥, 두 가닥, 세 가닥.

그러더니 이내 수십, 수백 가닥의 마나가 한데 얽혀 어떤 형상을 만들어 냈다.

눈송이.

그의 검 끝에선 눈송이가 피어났다.

사내는 그 검을 천천히, 아주 천천히 내질렀다.

쏴아아아아악-!

'거, 거짓말!'

바일스는 그렇게 믿고 싶었다.

그렇지 않고서야 자신을 향해 덮쳐드는 저 눈보라를 설명할 수가 없었으니까.

그 눈보라는 모든 것을 집어삼켰다.

시야뿐만 모든 감각, 그리고 자신의 존재조차도.

이렇게 죽는 건가 싶을 때쯤.

철컥.

사내가 납검하는 소리가 들렸다.

그리고 그 환상이 끝났다.

털썩.

다리에 힘이 풀린 바일스는 그대로 주저앉아 버렸다.

"나…… 살아 있는 건가?"

그는 얼이 나간 채로 중얼거렸다.

그러다 주변을 둘러보고는 그대로 정신을 잃을 뻔했다.

"어떻게……?"

지금 여기서 멀쩡한 사람은 단 두 명밖에 없었다.

복면의 사내와 바일스.

나머지는 모두 가슴팍에 긴 검상을 입은 채 바닥을 기고
있었다.

"흐, 흐끅……."

바일스는 자신이 저 중 하나가 되지 않은 것에 가장 먼저
안도감을 느꼈다.

이어서 두려움이 밀려왔다.

과연 자신이 살아남은 것이 우연일까?

'그럴 리가 없잖아.'

자신의 앞, 뒤, 옆에 있던 모든 이가 당했다.

그런데 자신이 우연히 살아남았다고?

그것보다는 저자가 일부러 살려 줬다고 보는 편이 훨씬 개
연성이 있었다.

"제, 제, 제가 뭘 하면 되겠습니까?"

바일스는 바로 고개를 숙였다.

"이제야 협조할 마음이 생겼어?"

복면의 사내, 루크는 흡족한 목소리로 말했다.

"뭐든 할 테니 살려만 주십시오."

"내가 처음부터 말했잖아, 뭘 하면 되는지."

"장부 말씀입니까……?"

"맞아, 장부."

바일스는 잠시 뜸을 들였다.

그것을 내주면 위민단이 비스크와 관련이 있다는 게 밝혀지기 때문이었다.

그러나 고민의 시간은 그리 길지 않았다.

콰직.

"끄아아아악!"

그가 고민하는 순간, 루크가 그의 무릎을 짓밟아 버렸다.

무릎 뼈가 으스러졌는지 발이 덜렁거렸다.

"이제 한 발로 가지러 가야겠네?"

'미친놈이다.'

자신이 보호비를 걷으러 다닐 때도 이 정도로 가차 없지는 않았다.

"이래도 안 움직이면 기어서 가지러 가야 할 거야."

여기서 조금이라도 더 고민하면 반대쪽 다리도 부서지고

말 것이다.

"가지고 오겠습니다!"

그는 자신의 오른쪽 무릎을 부여잡으며 외쳤다.

"그럼 얼른 가져와. 하나도 빠짐없이."

"예, 예!"

한쪽 다리를 절룩거리며 장부를 가지러 가는 모습은 처량해 보이기까지 했다.

잠시 후 바일스는 두꺼운 장부를 몇 권 들고 나왔다.

"이게 다야?"

"예."

루크의 물음에 그는 고개를 끄덕였다.

"확실해?"

"확실합니다."

"확인해 보지."

루크는 그 장부들을 펼쳐 보았다.

거기엔 어떤 마을의 누구로부터 얼마의 돈을 걷었는지 아주 자세히 적혀 있었다.

무엇보다 그 돈이 정기적으로 어디로 옮겨졌는지도 명시되어 있었다.

"보호비가 왜 비스크가로 향하는 거지?"

루크의 질문에 바일스는 고개를 숙였다.

'드디어 왔구나.'

이것으로 위민단과 비스크가의 관계가 드러나게 될 터였다.

그러나 말하지 않을 수도 없었다.

여기서 조금만 더 머뭇거렸다가는 반대쪽 무릎마저 박살 나고 말 테니까.

아니나 다를까 루크의 발이 움직이고 있었다.

"비, 비, 비스크 본가가 위민단 본부이기 때문입니다."

"오, 재밌는 정보네."

루크는 능청스럽게 대답했다.

"그럼 위민단과 비스크가가 연관이 있다는 거구나."

"그, 그렇습니다……."

바일스는 다음의 상황이 어떻게 될지는 아주 잘 알고 있었다.

이 사실이 공개되면 주변 가문들이 비스크가를 가만두지 않을 것이다.

그들 중에서도 비슷한 방법으로 세금을 더 걷는 자들이 있을 테지만, 비스크가엔 확실한 증거가 있었다.

주변 가문들은 이를 명분 삼아 비스크가를 삼키려 할 터.

'그래도 당장 내가 죽는 것보다는 낫지.'

실제로 그의 선택은 옳았다.

당장이라도 그의 무릎을 짓밟으려던 루크의 발이 멈췄으니까.

"이 장부는 내가 가져간다."

"물론이죠."

"약간 트러블이 있었지만, 적극 협조했으니 여기서 돌아갈게."

루크가 장부를 챙겨서 돌아가자, 그제야 바일스는 숨을 내쉴 수 있었다.

"아, 맞아."

휙.

"흐읍!"

그러나 루크가 다시 돌아보자마자 숨이 다시 막혔다.

두근두근.

심장이 떨리기 시작했다.

과연 저자가 자신을 순순히 풀어 줄까.

손 속을 봐서는 절대 그럴 리가 없어 보였다.

어느새 사내가 자신의 바로 앞까지 다가왔다.

검을 휘두른다면 정확히 목이 베일 정도의 거리.

'그럼 이대로 죽는 건가?'

바일스는 눈을 질끈 감았다.

"……."

그러나 살이 갈라지거나 뼈가 잘려 나가는 소리는 들려오지 않았다.

두근두근.

여전히 심장도 빠르게 뛰고 있었다.

"협조하면 안 죽인다니까."

"허."

사내의 말에 비로소 긴장이 탁 풀렸다.

"협조 하나만 더 하자."

"마, 말씀만 하, 하십시오."

바일스는 저도 모르게 덜덜 떨리는 입을 부여잡으며 말했다.

"비스크에게 전해. 영지 관리 똑바로 못한 것에 대해 책임을 져야 할 거라고."

"실례지만 누구라고 전하면 되겠습니까?"

그 질문을 들은 루크는 씩 웃었다.

"테오 슈넬덴."

그리고 테오의 이름을 말했다.

비스크가의 가주실.

"1지부까지 당했다고?"

비스크가의 가주, 필리프 비스크는 고개를 떨궜다.

"예, 조금 전에 1지부로부터 연락이 왔습니다."

"피해 상황은?"

"지부 건물이 통째로 날아갔고, 상주 인원 서른여덟 명이 모두 당했습니다. 그리고…….”

“그리고?”

“1지부가 가지고 있던 보호비 장부를 모두 **빼앗겼다**고 합니다.”

“위민단이 본가로 보내는 금액까지 모조리?”

“그렇습니다.”

“허어……!”

필리프는 혈압이 급격히 올라오는 바람에 머리가 지끈거렸다.

“아직도 그자의 정체를 알아내지 못했는가?”

아직 충격에서 벗어나지 못한 가주를 대신해, 그 아들인 니콘 비스크가 물었다.

“그자가 스스로 자신의 정체를 밝혔습니다.”

“어떤 놈인가? 어떤 놈이 감히 비스크가를 건드리는 것이야?”

“테오 슈넬덴이라고 합니다.”

“테오라면 슈넬덴가의 그 망나니 말인가?”

“그렇습니다.”

니콘은 곧장 가주 쪽을 쳐다보았다.

그의 눈은 분노로 활활 타오르고 있었다.

“아버지, 제가 당장 테오 슈넬덴을 잡아 족치고 오겠습니다.”

"아니 된다."

"걱정 마십시오. 예전에 노던에서 그놈을 본 적이 있었는데, 실력도 없는 망나니일 뿐이었습니다."

"그 테오가 단신으로 위민단 지부를 무너뜨렸느니라."

"사람의 실력이 어찌 반년 만에 그렇게 늘겠습니까? 분명 다른 이가 있었던 겁니다. 그러니 녀석이 혼자가 될 때를 노리기만 하면 됩니다."

"그게 그리 쉬운 줄 아느냐."

"그놈이 노던의 주점을 방문할 때는 언제나 혼자입니다. 그리 어렵지 않을 겁니다."

"그럼 그다음은?"

"예? 다음이라니요?"

"네 말대로 그놈을 족치고 난 후에, 슈넬덴이라는 이름을 감당할 수 있느냐 말이다."

니콘은 아버지의 말을 이해하지 못했다.

슈넬덴이라는 이름이 지금에서야 무슨 상관이 있단 말인가?

그들은 이제 이빨은커녕 털마저 다 빠져 볼품없어진 호랑이일 뿐이었다.

북부의 모든 가문이 호시탐탐 슈넬덴을 집어삼키려는 것만 봐도 알 수 있었다.

그러나 비스크는 그 경쟁에 참가하지 않았다.

단순히 슈넬덴이라는 가문이 가진 이름값이 두려워서!

'누가 약소 가문 아니랄까 봐!'

이러니까 비스크가 지금보다 더 커지지 못하는 것이다.

조금이라도 일찍 경쟁에 참여했던 가문들은 어떻게 되었던가.

200년 전만 해도 비스크와 비슷한 규모였던 라바흐 가문.

그들은 이제 샤룬과 함께 북부의 패자를 경쟁하는 대형 가문이 되었다.

'지금이라도 슈넬덴에 대한 공포감을 떨쳐 내야 한다.'

생각을 마친 니콘은 아버지를 똑바로 바라보았다.

"어차피 장부가 밝혀져도 가문이 곤란해지는 건 마찬가지지 않습니까?"

"그렇긴 하다만은……."

"그러니 서둘러 되찾아 와야지요."

"하지만 슈넬덴이……."

"언제까지 200년 전의 이야기나 하실 겁니까!"

니콘의 일갈에 필리프의 눈이 흔들렸다.

아들이 이렇게나 강경하게 나올 줄은 몰랐기 때문이다.

결국 가주가 고개를 끄덕였다.

니콘은 그게 마지못해 한 행동이라는 걸 알고 있었다.

그러나 어쨌든 가주의 허가가 떨어졌으니, 자신도 움직일 수 있었다.

비스크가의 사업에 훼방을 놓는 녀석을 처리하는 것뿐만 아니라, 이를 통해 슈넬덴의 살점을 뜯어먹는 무리에 동참할 수도 있을 것이다.

그럼 자신의 목표대로 비스크의 규모를 더 키울 수 있을 테지.

"제가 당장 테오 슈넬덴을 잡아다 장부의 위치를 알아내겠습니다."

"명심하여라. 아무리 그래도 상대는 슈넬덴의 직계 혈족이니 절대 눈에 띌 상해를 가해선 아니 된다."

"그 녀석이 다른 가문 사람들과 문제를 일으킨 게 한두 번이었습니까? 그쪽에선 신경도 안 쓸 겁니다."

"어쨌든 문제를 안 일으킬 선에서 해결하여라. 그건 네가 더 잘 알 테지."

"물론입니다."

니콘은 곧장 방을 나갔다.

이 길로 바로 테오의 행적을 쫓아갈 것이다.

이러니저러니 해도 가주 입장에선 참으로 듬직한 아들이었다.

자신과 달리 행동력도 있고, 실력도 있었으니까.

위민단의 규모를 이렇게나 키우고 많은 돈을 걷은 것도 다아들 녀석 덕분이었다.

그럼에도 가주는 괜히 걱정되었다.

'슈넬덴을 건드리는 게 맞을까?'

어쩐지 불안한 예감이 가시지 않았다.

하지만 이대로 장부를 그들의 손에 넘길 수도 없는 노릇.

'니콘이 장부를 가져오길 바라야겠지.'

그는 니콘의 선에서 이번 일이 해결되길 간절히 기도했다.

테오는 오랜만에 노던으로 나왔다.

일전에 노던의 대장간에 의뢰해 둔 바벨 원판을 찾으러 가기 위해서였다.

아랫사람을 보낼 수도 있었지만, 오랜만에 바깥 공기를 좀 쐬고 싶었다.

한동안 각종 비전을 새로 익히느라 집 밖을 나올 일이 없었기 때문이다.

'이제야 마음이 편하군.'

드디어 어젯밤 루크가 돌아왔다.

더 이상 라히츠를 속이기 위해 별의별 변명을 생각하지 않아도 되었다.

'내가 동생 놈 때문에 이렇게까지 해야 하나?'

신세가 처량하긴 했지만, 하지 않으면 어쩌겠는가.

안 도와줬다가는 곧장 대련을 빌미로 구타가 시작될 텐데.

'그리고 운동도 안 도와줄 거고.'

사실은 후자가 더 주요한 이유였다.

루크와 함께 운동하면 하루가 다르게 성장하는 느낌이었으니까.

성장하는 재미.

그건 술이나 여자보다도 더 중독적이었다.

'그래도 막상 술 못 마시는 건 좀 아쉽네.'

제 버릇 남 못 준다고.

이렇게 노던의 홍등가를 보고 있으면, 한 번씩 예전의 그 자유롭던 때가 생각이 나긴 했다.

'그땐 정말 성격대로 행동하면 됐었는데.'

그렇다고 돌아가고 싶다는 건 아니었다.

그저 그때의 버릇이 지워지려면 좀 더 시간이 필요한 것뿐.

테오가 그렇게 생각하며 대장간으로 향하려 할 때였다.

"테오 슈넬덴 공?"

웬 사내가 그의 이름을 불렀다.

"누구?"

"비스크가의 니콘 비스크입니다."

"비스크? 비스크가의 사람이 나한텐 무슨 용무야?"

"노던으로 간다더니 역시 주점 거리 쪽으로 올 줄 알았습니다."

말만 높였을 뿐, 말투엔 시비조가 가득 담겨 있었다.

오랜만이었다.

한창 놀러 다닐 때는 주점 거리만 지나가도 시비를 거는 녀석들이 있었으니까.

'그럴 때마다 그놈들 턱주가리를 날려 버렸는데.'

그의 몸도 그때의 기억을 하고 있는 걸까?

주먹이 근질근질해졌다.

"나 여기 안 온 지 꽤 오래됐는데."

"뭐 됐고, 본론만 말하겠습니다. 위민단의 장부를 돌려주시지요."

"뭔 소리야?"

"인제 와서 모르는 척하는 겁니까?"

"모르는 척이 아니라 정말 모른다고."

"당신이 위민단 1지부에서 가져간 장부 말입니다. 저희 가문엔 꽤 중요한 자료거든요."

"그러니까 무슨 장부."

테오의 말투에서 슬슬 짜증이 묻어났다.

갑자기 나타난 녀석이 당최 모르는 이야기만 해 대고 있지 않은가.

"이렇게 정중하게 부탁드릴 때 들어주시면 좋으련만."

"뭔 소린지는 모르겠지만 네가 정중하게 부탁 안 하면 어떡할 건데?"

"대화가 안 통하는 상대에겐 역시 이게 특효약이겠죠."

니콘은 팔을 걷어붙이며 말했다.

동시에 그의 뒤에 있던 호위들도 슬쩍 살기를 내비쳤다.

그 꼴이 영락없는 동네 양아치들이었다.

'나도 저랬나?'

테오는 문득 자신의 과거 모습을 반성하게 되었다.

저렇게 우르르 몰려다니며 싼 티 나는 대사나 읊다니.

자신이 어째서 루크에게 두들겨 맞았는지 알 것 같았다.

자기 같았어도 저런 한심한 형을 봤다면 패 줬을 것이다.

그러나 상대는 여전히 뭐가 잘못되었는지 모르는 것 같았다.

"마지막 경고입니다. 장부를 내놓으십시오."

"아, 장부?"

테오가 손을 품에 집어넣으며 말했다.

그 모습을 본 니콘의 입꼬리가 쭉 찢어졌다.

"드디어 마음이 생기셨나 보군요."

"보자, 장부가…… 여기 있네."

뻐억!

테오의 품에서 주먹이 나오더니 그대로 니콘의 턱주가리를 날려 버렸다.

그 동작이 너무나도 빠른 나머지, 니콘은 자신이 벼락에라도 맞은 줄 알았다.

뭔가 번쩍하더니 이윽고 큰 충격과 함께 쓰러져 버렸다.

"뭔 갈같은 놈들이 우르르 몰려와서는 개소리를 해. 사람 짜증 나게…… 쯧!"

"어, 어뜨케……."

니콘은 턱이 빠져 버렸는지 발음도 제대로 되지 않았다.

뭔가 잘못되었다.

이렇게 빠르고 강하다고?

올해 초에 봤던 테오는 이렇지 않았다.

테오 같은 건 한 수레가 와도 이길 수 있다고 자신했다.

그래서 그렇게 자신 있게 장부를 찾아온다고 했던 것이었다.

그런데 고작 몇 달 만에 사람이 이렇게 달라지다니.

'이렇게 된 이상 데려온 인원을 총동원해야 해.'

일이 좀 커지더라도 일단 장부를 가져오는 것이 중요했다.

후에 샤룬이나 라바흐에 뇌물을 풀어 일을 무마하는 한이 있더라도.

"던부 더 새키 다바!"

발음은 엉망이었지만, 다행히 의미는 제대로 전달되었다.

니콘의 뒤에 있던 세 명의 기사와 더불어, 골목 반대편에서 세 명의 기사까지 더 나타났다.

순식간에 포위당해 버린 테오.

그러나 그의 얼굴엔 여전히 짜증만 가득할 뿐이었다.

"좋은 말로 할 때 장부를 내놓았으면 좋았을 것을."

"그럼 협조 좀 해 줘야겠습니다."

기사들이 앞뒤에서 덮쳐 왔다.

테오는 그런 그들을 보며 한숨을 푹 내쉬었다.

'정말 다 보이는구나.'

최근 들어 대련 상대라고는 루크밖에 없었기에 알지 못했다.

다른 사람들이 이렇게 느릴 줄은.

철컥.

테오가 검을 뽑아 들었다.

그리고 풍월대검의 초식을 하나씩 밟아 갔다.

슈넬덴의 검술치고는 동작이 크고 패기 있는 초식.

검이 한 번 휘둘릴 때마다 그보다 더 큰 검풍이 퍼져 나갔다.

그러나 상대도 나름 마나를 다룰 줄 아는 기사.

몇몇은 검풍을 헤치고 나와 자신의 검을 휘둘렀다.

'일 검, 일 검은 대단하지만, 저렇게 동작이 크면 우리에게도 기회가 있다!'

'우리 중 한 명이라도 녀석의 몸에 검을 꽂으면 이겨!'

비스크의 기사들은 확신하며 검을 찔러 넣었다.

그들의 판단은 옳았다.

풍월대검은 한 동작, 한 동작이 강력하긴 하지만 그만큼 동작이 크기도 했으니까.

검풍을 뚫어 내기만 한다면 그다음부터는 허점투성이가
될 것이다.

그것이 오의가 하나도 담겨 있지 않은 기존의 풍월대검이
었다면 말이다.

휘릭-!

테오의 몸이 빙글 도는가 싶더니, 어느새 그의 검이 다른
기사들의 검에 달라붙었다.

챙, 챙, 챙.

"어?"

기사들은 당황했다.

저 녀석은 관성을 무시하기라도 하는 걸까.

어떻게 그렇게 큼직한 동작 다음에 이토록 세세한 동작이
이어져서 나올 수 있단 말인가.

그러나 그 의문을 확인할 여유는 없었다.

테오가 다시금 사나운 검풍을 뿌려 대기 시작했으니까.

"으아아악!"

털썩.

검풍에 휘말린 기사들은 낙엽처럼 바닥에 쓰러지고 말았다.

"앞으로 진짜 눈에 띄지 마라. 별것도 아닌 놈들이 아침부
터 재수 없게······."

테오는 니콘을 향해 그렇게 말하고는 골목을 벗어났다.

짝짝짝짝!

그리고 골목을 나오는 순간, 옆에서 박수 소리가 들려왔다.

테오의 고개가 그쪽으로 돌아갔다.

"큰 동작 사이사이에 들어가는 유려한 동작들, 그게 진짜 풍월대검이지. 제대로 배웠네."

거기엔 웬 복면의 사내가 서 있었다.

"뭐 상대가 진짜 기사가 아니라 그냥 마나만 쓸 줄 아는 양아치라서 가능하긴 했지만."

"뭐야. 네가 꾸민 짓이었어?"

테오는 그자가 누구인지 알아보았다.

"내가 꾸민 건 아닌데, 나 때문에 일어난 일이 맞긴 해."

"너 또 무슨 사고를 치고 다니는 거야?"

루크 슈넬덴.

동생 녀석이 또 무슨 사고를 친 모양이었다.

❧

"그러니까 위민단이라는 놈들과 비스크 가문이 연관되어 있고, 그 관계를 네가 밝혀내려 한다고?"

루크에게 대략적인 상황 설명을 들은 테오가 되물었다.

물론 오르겐이나 래비에 대한 정보는 빼긴 했지만, 그게 없어도 충분한 설명은 되었을 것이다.

"그렇지."

"그놈들도 진짜 양아치 같은 새끼들이네. 슈넬덴은 아무리 어려워도 영지민들 등골 뽑아 먹고 살진 않았는데."

대신 네가 부모님 등골을 뽑아 먹었지.

루크는 그 말까진 하지 않았다.

테오의 이름을 빌리는 입장인데, 그의 기분도 어느 정도 존중해 줘야 하지 않겠는가.

"그것도 맹주 가문이 멀쩡히 눈을 뜨고 있는 곳에서? 우릴 아주 호구로 보는 건가?"

"그러니까 북부의 맹주인 슈넬덴이 나서 줘야지."

루크의 말에 테오가 고개를 끄덕였다.

언제부터 저렇게 가문의 명예를 중시했다고.

어쨌든 테오의 태도를 보아하니 구슬리기 더 좋을 것 같았다.

그러나 테오도 머리가 조금 큰 것일까.

호락호락하게 넘어가진 않았다.

"그건 알겠는데, 그거랑 내 이름을 팔고 다닌 거랑은 무슨 상관이야?"

"……뭐?"

"아니, 그냥 네 이름 쓰면 되잖아. 같은 슈넬덴의 직계인데, 굳이 왜 내 이름을 써?"

쓸데없이 날카로워졌다.

이럴 때 그냥 주먹을 보여 주며 저 입을 막아 버릴 수도 있을 것이다.

그러나 저런 녀석들을 많이 키워 본 입장에서는 여기서 좀 더 좋은 방법을 알고 있었다.

"그야 나 혼자서는 안 되니까."

"뭐, 뭐라고?"

"형의 도움이 필요했어."

어지간히도 놀란 모양이다.

동그랗게 떠진 테오의 눈이 도무지 감길 것 같지 않았다.

게다가 혼잣말을 중얼거리기까지 했다.

"내 도움이 필요했다니……. 저 루크에게 내 도움이? 이거 진짜야?"

"내 마음대로 결정해서 미안해. 그래도 형이 나를 좀 도와줬으면 해."

그것이 결정타였다.

덥석.

테오는 감격스러운 표정으로 루크의 손을 부여잡았다.

"동생이 힘들다는데 형으로서 나서지 않을 수가 없지."

"정말이야?"

"물론. 널 도울 수만 있다면 내 이름 따위 얼마든지 팔아도 돼."

"그럼 이름 빌려주는 것 말고도 더 도와줄 수 있어?"

"말만 해. 형이 뭘 도와주면 되는지."

테오의 턱이 한껏 올라갔다.

정말이지 단순한 녀석이었다.

루크가 아는 가장 단순한 녀석이 칼린이었는데, 그 녀석을 능가하는 단순함이라니.

어쨌든 잘됐다.

단순할수록 이용해 먹기는 더 좋으니까.

"그냥 나랑 같이 비스크가를 방문하는 거야."

"비스크가를? 거기서 내가 뭘 하면 되는데?"

"별거 없어. 그냥 원래 성격대로 해 주면 돼."

"원래 성격이라면……."

"한창 양아치처럼 살 때 있잖아."

테오가 몸을 움찔거렸다.

이미 그에겐 그때의 기억은 흑역사가 되어 있었다.

그 흑역사가 언급되니 몹시 부끄러워진 것이다.

"양아치라니, 너는 형한테 무슨 말을 그렇게 하냐?"

"아니었어?"

"그건 맞지만 이젠 나도 좀 변했다고."

"누가 그걸 몰라? 동생을 돕고 가문의 명예를 드높이기 위해서 잠깐 연기하라는 거야."

"그렇게까지 말하니 어쩔 수 없겠네."

테오는 마지못해 고개를 끄덕였다.

"근데 우리끼리 비스크가엔 어떻게 방문해?"

"우리끼리 못 갈 건 뭐야?"

"너나 나나 아직 정식 기사 자격을 받은 것도 아니니까, 봉신 가문을 불쑥 방문할 명분도 없지."

그래도 테오가 마냥 단순하기만 한 건 아닌 모양이다.

나름 날카로운 질문이었다.

그렇지 않아도 그것 때문에 오늘 밤 들러야 할 곳이 있었다.

"명분이 왜 없어? 봉신 가문의 직계가 맹주 가문의 직계를 린치하러 왔는데."

"항의 방문 말하는 거야? 그건 가주 차원에서 나서야 하잖아."

"가주 차원이라……."

루크가 말꼬리를 길게 늘였다.

그럴수록 테오는 불안해졌다.

저 불길한 말투, 표정, 제스처까지.

루크가 또 이상한 걸 준비하고 있는 것 같았기 때문이다.

하지만 그 예상은 틀렸다.

루크는 이상한 걸 넘어 미친 짓을 생각하고 있었으니까.

"그럼 아버지 이름도 빌리면 되겠네."

"야, 이 패륜아 새끼야!"

패륜아라니, 집안의 큰어른으로서 까마득한 후손 놈 이름 좀 빌리겠다는데.

내가 뭐 돈을 빌려, 검을 빌려?

그깟 이름 빌리는 게 그렇게 대수냐?

루크는 하고 싶은 말이 많았다.

그러나 이 말을 했다가는 테오가 그대로 가주에게 다 일러바칠 것이다.

자기 동생이 아무래도 미친 것 같다면서.

"이게 다 가문의 명예를 드높이기 위해서야. 난 그걸 위해서라면 목숨 따위 어찌 되든 좋아."

'궤변이다.'

테오는 생각했다.

하지만 솔직히 말해 저 녀석이 무슨 꿍꿍이를 꾸미고 있는지 궁금하기도 했다.

어떻게 아버지의 이름을 빌린다는 걸까.

그리고 그렇게 빌린 이름으로 항의 방문을 한 후에는 대체어떻게 할까.

모르긴 몰라도 지금껏 그래 왔던 것처럼 놀라운 일일 것이다.

이번엔 자신도 그 일에 참여할 수도 있었다.

그간 꾹꾹 눌러 왔던 일탈의 욕구를 이렇게나마 푸는 것도나쁘지 않으리라.

테오는 그렇게 자기 자신을 설득했다.

"그런 숭고한 의도라면야 나도 돕지."

"좋아, 그럼 빨리 원판 챙겨서 돌아가자."

"그전에 나 마지막으로 하나만 더 물어봐도 되냐?"

"얼마든지."

"아버지 이름은 어떻게 빌린다는 거야?"

그 질문에 루크의 입꼬리가 슬쩍 올라갔다.

그러고는 테오에게 속삭였다.

"우리가 백운보를 괜히 배웠겠어?"

"미친놈⋯⋯."

그 말뜻을 이해한 테오는 질린 눈으로 루크를 쳐다보았다.

백운보.

기척 없이 움직일 수 있다는 그 보법을 어디에 쓰겠는가.

"설마 가주의 인장을 훔치겠다는 말이야?"

"훔치다니, 잠깐 빌리는 거지."

루크가 능청스럽게 대답했다.

테오는 앞으로 이 일이 어떻게 흘러갈지는 알 수 없었지만, 적어도 하나는 확신할 수 있었다.

자신의 동생은 자신이 생각했던 것보다 더 미친놈이라는 것이다.

❦

그날 밤.

슈넬덴가 본관 가주 집무실.

율리안은 두 손으로 눈 주위를 꾹꾹 눌렀다.

비전 연구에 밀려드는 업무 그리고 앞으로의 계획까지 세우느라 그의 얼굴엔 피로감이 가득했다.

그러나 이전처럼 기분 나쁜 피로감은 아니었다.

그때와 달리 지금은 자신이 일을 하면 할수록 가문이 되살아나고 있었으니까.

'그 시작점이 두 아들의 변화부터였지?'

정확히는 루크가 변하면서부터였다.

변화한 루크가 테오를 변화시켰고, 그러면서 슈넬덴에 좋은 기운이 몰려들기 시작했다.

물론 우연의 일치겠지만 그래도 아이들의 변하면서부터 슈넬덴에 희망이 보이니, 아비로서는 그 애들이 자랑스러울 수밖에 없었다.

'그러고 보니 테오와 루크를 못 본 지도 꽤 된 것 같군.'

예전에는 바쁘기도 하거니와 차마 아비로서 아들을 볼 면목이 없었다.

그러나 지금은 가문의 사정도 여유로워졌으니 시간이 날 때마다 아들을 만나러 가려 했다.

그 시간이 안 난다는 게 문제였지만.

율리안이 한창 아쉬워하고 있을 때였다.

똑똑똑.

"가주님, 테오 도련님이 찾아왔습니다."

문 너머에서 반가운 소식이 들려왔다.

아들이라는 소리에 피곤에 찌들어 있던 율리안의 얼굴이 금세 밝아졌다.

"무슨 일이라던가?"

"여러 이유를 말했지만, 요약하자면 오랜만에 가주님과 산책을 하고 싶다는군요."

"허허, 녀석도 참 숫기 없기는……."

어찌 아비의 마음을 이렇게도 잘 알아줄까.

율리안은 흐뭇한 웃음을 지었다.

"잠시 기다리고 있으라고 전할까요?"

"아닐세. 날 보러 예까지 왔는데 내가 직접 나가는 게 도리지 않은가."

"아들이 아버지에게 이토록 살갑다니. 부러우십니다."

"뭘, 녀석도 이제 철이 든 게지."

디온의 립 서비스에 율리안은 더욱 으쓱해졌다.

"이제는 슬슬 밤바람이 찰 텐데 얼른 나가야겠군."

율리안은 자리에서 일어나 곧장 집무실을 나가려 했다.

업무를 보던 서류가 책상 위에 그대로 올라가 있었지만, 크게 상관하진 않았다.

이곳은 슈넬덴가의 가주 집무실.

호위 기사들이 24시간 경계를 서고 있었고, 방 자체에도 각종 기관 마법들이 걸려 있었다.

게다가 이 기관 마법들은 슈넬덴의 최전성기 때부터 쭉 이어져 오는 것들이었다.

그러니 이곳을 자유롭게 드나들 수 있는 건 슈넬덴의 가주인 율리안뿐이었다.

율리안은 일말의 의심도 없이 방문을 닫으려 했다.

'아차, 아무리 급하다 하더라도 가주의 인장을 이리 두어서는 안 되지.'

그는 가주의 인장을 원래 위치에 가져다 두고는 방을 나갔다.

그리고 잠시 후.

덜커덩.

아무도 없는 빈방에서 웬 소리가 들려왔다.

곧이어 율리안의 책상 밑바닥이 열리더니, 거기서 기어 나온 이는 바로 루크였다.

그는 몸을 빼내자마자 기감을 펼쳐 주변을 확인했다.

'이 정도 거리면 안 걸리겠군.'

가주 정도의 실력자가 아니면 기척을 숨긴 자신을 알아차릴 리 없으리라.

"후우."

통로에서 완전히 빠져나온 루크는 한숨을 내쉬었다.

웬만한 싸움에서는 땀 한 방울 나지 않던 그였지만, 지금 그의 이마엔 땀이 송골송골 맺혀 있었다.

'기척을 완전히 숨기고 움직인다는 게 쉽진 않네.'

확실히 본관 경비들의 수준은 정문과는 차원이 달랐다.

지금 흐르는 땀은 기척을 완전히 지우기 위해 백운보를 극한으로 사용한 결과였다.

'이 통로를 몰랐으면 잠입은 꿈도 못 꿨겠어.'

어째서 가주의 집무실에 이런 통로가 있느냐고?

슈넬덴은 인류의 적인 마물들과 가장 가까운 곳에 자리 잡고 있었다.

만약 북쪽의 마물들이 방벽을 돌파한다면 본가는 곧장 마물들에게 둘러싸이게 될 터.

이 통로는 그런 만약을 대비한 가주의 비밀 대피로였다.

슈넬덴 역사상 이 통로가 사용된 일은 단 한 번도 없었지만, 무릇 무가라면 만일의 수에도 대비해야 하지 않겠는가?

어쨌든 이 통로를 쭉 따라가면 슈넬덴 산의 기슭이 나온다.

그쪽 통로는 인적이 드문 곳에 있는 데다가 각종 결계로 숨겨져 있었다.

그뿐일까.

설사 통로가 발견되더라도 문을 열기 위해서는 슈넬덴의 피가 필요했다.

루크의 무덤 본당을 열 때와 마찬가지의 장치였다.

물론 루크에겐 이 모든 게 별다른 장애물은 아니었지만.

'설마 대대로 슈넬덴의 가주들만 아는 이 통로가 뚫릴 거라고는 생각 못 했겠지?'

이것이 루크가 자신감을 가진 이유였다.

덕분에 그는 역사상 처음으로 슈넬덴 가주의 집무실에 잠입한 침입자가 될 수 있었다.

'에이, 내 방이기도 했는데 침입까지는 아니지.'

루크는 피식 웃으며 주변을 둘러보았다.

조금 전까지 업무를 보고 있었기에 주변에는 서류들이 이리저리 널려 있었다.

그럼에도 가주의 인장은 보이지 않았다.

'흐음, 인장에 대한 태도는 합격이네.'

가주의 인장이 찍힌다는 것은 곧 그것이 슈넬덴 전체의 의견이 된다는 의미다.

그렇기에 아무리 집무실이라고 하더라도, 가주의 인장이 이리저리 굴러다니고 있어서는 안 됐다.

율리안은 업무를 보다가 급히 나갔음에도 인장을 잘 보관한 걸 보니, 그런 면에서는 흠잡을 데가 없었다.

문제는 그 때문에 일이 더 귀찮아졌다는 것.

'인장이야 당연히 원위치에 보관되어 있을 거고.'

루크는 초대 가주의 초상화가 걸려 있는 벽 쪽으로 갔다.

어쩐지 오늘따라 초대 가주의 눈빛이 살벌하게 느껴졌다.

'이게 다 가문을 살리기 위한 길이니까, 못 본 척 좀 부탁

드리겠습니다.'

루크는 초상화 밑 벽면 여기저기를 만졌다.

철컹.

그러자 벽면에 작은 틈이 생겼다.

그곳엔 함이 하나 보였는데, 바로 저 안에 가주의 인장이 보관되어 있었다.

'근데 이 자물쇠는 또 뭐야?'

등줄기를 따라 땀이 한 방울 흘러내렸다.

200년 전에는 이런 자물쇠는 없었다.

그새 어떤 놈이 여기에 자물쇠를 거는 짓을 했단 말인가?

'아니지, 아니야. 당황하면 일이 더 안 풀려. 아직 시간은 있으니까.'

루크는 정신을 차리고는 자물쇠를 살펴보았다.

4개의 바퀴가 보였고, 그 바퀴엔 숫자가 적혀 있었다.

아마 저 바퀴를 돌려 미리 설정해 둔 번호를 맞히면 열리는 방식이리라.

'비밀번호가 뭘까?'

그래도 가주의 인장인데 아무 의미 없는 번호를 하진 않았을 것이다.

루크는 생각나는 것부터 눌렀다.

잠시 후.

"이런 망할 자물쇠가!"

루크는 하마터면 이 함을 집어던질 뻔했다.

슈넬덴의 창가일.

초대 가주의 생일.

슈넬덴가의 유명한 전투가 있었던 날짜.

슈넬덴 산의 고도 등등.

온갖 숫자를 다 넣어 봤는데도 자물쇠는 풀리지 않았다.

설상가상으로 테오와 율리안의 기운이 점점 가까워지고 있었다.

산책을 마친 모양이다.

곧 있으면 율리안이 돌아올 터.

'이대로 아무런 수확도 없이 돌아갈 수는 없는데.'

루크는 점점 초조해졌다.

그러는 사이에도 율리안의 기운이 더욱 가까워졌다.

'뭐지, 뭘까? 아!'

루크는 슈넬덴의 위도와 경도를 눌러 보았다.

틱.

역시나 틀렸다.

이젠 정말 위험했다.

조금만 더 가까워지면 율리안도 자신의 기척을 느낄 것이다.

'아, 진짜 그냥 가야 하나?'

어쩔 수 없었다.

자신이 가주의 방에 들어왔다는 게 들키면 그땐 빼도 박도
못 한다.

루크는 마지막으로 아무 번호나 넣어 보았다.

이걸 마지막으로 모든 것을 원상복구시켜 두고 돌아가리
라 마음먹으면서.

그런데.

철컥.

그 꿈쩍 않던 자물쇠가 풀렸다.

"허허허…… 비밀번호가 이거였다고?"

루크는 허탈한 웃음을 흘렸다.

그가 입력한 번호는 테오의 생일이자 자신의 생일이었다.

둘은 태어난 연도만 다를 뿐 2월 12일로 생일이 같았다.

그런데 그게 비밀번호일 줄이야.

'이 자물쇠, 율리안이 걸어 둔 거였어……?'

마음속에서 묘한 죄책감이 느껴졌다.

마치 부모님의 돈을 훔치는 것 같은 죄책감.

그러나 그 죄책감을 느끼고 있을 여유는 없었다.

'일단 얼른 도장 찍고 가자.'

루크는 미리 가져온 서신에 인장을 찍었다.

그러고는 들어올 때 사용한 통로로 쑥 들어가 버렸다.

아무 일도 없었다는 듯이.

그리고 잠시 후.

덜컹.

율리안이 집무실로 돌아왔다.

오랜만에 아들과 산책한 것이 만족스러웠는지, 그의 얼굴 엔 몽글몽글한 웃음이 떠 있었다.

"저 아이들을 위해서라도 내가 더 열심히 해야겠군."

원래는 이쯤에서 퇴근하려 했지만, 오늘따라 더 의욕이 올 라왔다.

그는 곧장 인장을 꺼내 들고는 업무를 보기 시작했다.

자신의 인장이 도용되었다는 사실은 까맣게 모른 채.

Chapter 3

"니콘까지 당했단 말인가?"

비스크가의 가주 필리프는 망연자실했다.

장부는 되찾지도 못하고, 가문의 실질적인 리더였던 아들조차 잃어버렸다.

역시 슈넬덴을 건드린 건 실수였다.

"이 일을 어찌할꼬!"

"가주님!"

원래 안 좋은 일은 한꺼번에 몰아친다고 했던가.

필리프가 한참 고민에 빠져 있을 때였다.

집사가 다급하게 들어왔다.

그의 표정과 목소리만 봐도 그다음 말이 예상될 정도였다.

"슈넬덴에게서 서신이라도 왔는가?"

"그렇습니다."

"무슨 서신이지?"

"그것이……."

말하기 곤란한 내용인지, 집사는 잠시 뜸을 들였다.

그러고는 조심스럽게 입을 열었다.

"테오 슈넬덴 공이 이번 습격 사건에 대해 항의 방문을 하겠다고 합니다."

가주는 눈을 질끈 감았다.

항의 방문, 이건 가문 간의 외교에서 꽤 강한 시위였다.

만약 거기서 이야기가 잘못된다면, 당장에 가문 간의 무력 분쟁으로 이어질 수도 있었다.

당연히 상대 가문으로서도 부담이 될 수밖에 없는 수.

그런데 슈넬덴은 기어코 그 카드를 꺼낸 것이다.

이해가 되지 않았다.

'테오 슈넬덴은 가문에서도 내놓은 자식이 아니었던가?'

테오가 다른 가문과 싸움에 휘말린 적은 여러 번 있었다.

당연히 녀석이 일방적으로 당한 경우도 많았다.

그럴 때마다 슈넬덴가가 움직였는가?

전혀 아니었다.

그들은 테오를 철저히 내놓은 자식처럼 생각했다.

일전에 니콘의 계획을 승낙했던 것도 이런 사실을 어느 정도 고려했기 때문.

그런데 슈넬덴은 왜 이제 와서 항의 방문이라는 부담스러운 카드를 꺼내 든단 말인가.

'혹 거짓으로 꾸며 낸 서신이라면?'

그런 의심이 스쳐 지나가기도 했다.

하지만 서신 하단에는 슈넬덴가의 인장이 선명하게 찍혀 있었다.

슈넬덴 가주의 재가를 거친 문서라는 걸 증명하는 인장.

이걸 보고도 의심을 할 수는 없었다.

"이거야 원……! 일이 꼬일 대로 꼬여 버렸군."

"차라리 당분간 성문을 폐쇄하고 시간을 끄는 건 어떻겠습니까?"

"가주의 인장이 찍힌 공식 서신이네, 그것도 슈넬덴 가주의 인장이 찍힌. 성문을 폐쇄하더라도 그런 이를 돌려보낼 수 없지 않은가."

"그럼 어떡하지요? 테오 공자, 그 망나니가 본가에 들이닥친다면 집안이 발칵 뒤집어질 텐데요."

"그 망나니라면 그러고도 남을 텐데……."

필리프는 턱을 쓰다듬었다.

그러다 뭔가 생각났는지 손가락을 튀겼다.

'그 녀석이 술과 여자를 탐하는 망나니라면 녀석을 구슬릴 수도 있지 않을까?'

테오의 실력은 예상외긴 하나 그 인성이 어디 갈 리가 없다.

그놈은 가산을 탕진해 가며 술과 여자를 탐닉하던 망나니.

하지만 알려진 바로 슈넬덴은 거의 망하기 직전의 재정 상태였다.

테오가 원하는 만큼의 돈을 타기는 어려울 게 분명했다.

그러니 녀석에게 정기적으로 두둑한 돈주머니를 쥐여 준다면 분명 간이고 쓸개고 다 빼 줄 것이다.

'당장 놈에게 그만한 돈을 주기엔 사정이 빠듯하지만 이번에 저지른 잘못이 있으니 어쩔 수 없지.'

마냥 손해만 있는 건 아니었다.

일이 잘만 풀린다면 장부를 다시 받아올 뿐만 아니라, 슈넬덴에 빨대를 꽂을 기회가 될 수도 있었으니까.

"지금 당장 테오를 맞이할 준비를 하게."

"그게 무슨 말씀입니까?"

"그에게 줄 선물도 함께 준비해 주게. 그 양에 부족함이 있어서는 아니 되네."

눈치 빠른 집사는 그 말의 의미를 알아들었다.

"알겠습니다."

"그리고 한 가지만 더."

집사가 막 떠나려 할 때, 필리프가 한마디를 덧붙였다.

그의 표정은 어딘가 비장해 보였다.

"협상이 틀어질 수도 있으니 병력들도 준비해 두지."

"괜찮으시겠습니까? 병력이 나서면 그 이후엔 슈넬덴과 전면전을 하게 될 텐데요."

"그건 알고 있네만 일단은 살고 봐야 하지 않겠는가? 장부가 밝혀지면 우린 바로 끝이네."

"알겠습니다."

"그래도 어디까지나 협상이 우선이네. 내가 신호하기 전까지는 병력들이 공자의 눈에 띄어선 아니 될 것이야."

"명심하겠습니다."

그들은 병력이 나서면 당연히 테오를 제압할 수 있다고 생각하는 듯했다.

그도 그럴 게 위민단 지부야 기사가 포함되어 있다고 해도, 대부분이 양아치였다.

니콘이 당한 건 좀 의외였지만, 머릿수 앞에는 장사가 없는 법.

비스크가의 모든 기사와 사병들이 나선다면 테오를 무릎 꿇릴 수 있으리라.

그러나 그들은 모르고 있었다.

루크가 테오와 함께 오고 있다는 것을.

🌑

며칠 후.

테오는 비스크가의 본가를 찾았다.

그의 옆에는 루크가 보이지 않았다.

조금 전까지는 여기 있었지만, 저택을 한 번 둘러보더니 자신은 따로 움직이겠다며 어디론가 가 버렸다.

그렇게 혼자 남겨진 테오의 앞에 필리프가 나타났다.

"테오 슈넬덴 공자, 반갑습니다. 전 비스크가의 가주 필리프 비스크라고 합니다."

"테오 슈넬덴이다. 내가 여길 왜 왔는지는 알고 있겠지?"

"물론입니다. 바람이 차니 일단 본관으로 가서 이야기를 나누시지요."

'루크가 말해 준 대로군.'

테오는 그 뒤를 따라가며 생각했다.

루크는 강경책이 통하지 않았으니 이번에는 회유책을 사용할 거라고 했었다.

아니나 다를까, 상대는 처음부터 극진하게 나왔다.

응접실로 가 보니 고급 식사로 화려하게 차려 놓기까지 했다.

이곳까지 오는 길에 봤던 영지민들의 삶과는 정반대의 모습.

왠지 저 녀석에게서 자신의 과거 모습이 비쳐 보이는 것 같았다.

테오는 괜히 반발심이 들었다.

"이것도 다 영지민들의 피를 빨아 꾸린 건가?"

"피를 빨다니요? 그저 공자님을 위해 비스크 영지민이 합심해 준비한 것뿐이죠. 입맛에 맞으실지 모르겠습니다."

"내가 여기 식사나 하러 온 건 아닌데."

"슈넬덴 산도 식후경이라는 말이 있잖습니까. 일단은 식사하시면서 천천히 이야기를 나누시는 게 어떻겠습니까?"

저 능글거리는 모습을 보니, 마음 같아서는 당장 식탁을 엎어 버리고 싶었다.

하지만 루크가 저택 앞에서 갑자기 사라진 데는 이유가 있을 터.

뭘 하려는 것인지는 몰라도 그 계획을 준비할 시간을 주는 게 좋을 것이다.

그래서 테오는 일단 저 작자의 말을 들어주기로 했다.

"일전에 아들놈이 저지른 잘못에 대해서는 제가 이렇게 사과드리겠습니다."

"이대로 어물쩍 넘어갈 생각은 아니겠지?"

"그럴 리가 있겠습니까? 저는 그저 진심을 담아 사과의 말씀을 드리고자 하는 겁니다."

그때부터 필리프는 한동안 이런저런 말들로 테오의 화를 풀려 했다.

하지만 테오의 귀에는 전부 궤변으로 들릴 뿐이었다.

무엇보다 자신을 망나니 도련님 취급하는 게 그대로 느껴졌다.

이를테면 후식으로 나온 접시 위에 덩그러니 올라와 있는 이 돈주머니처럼.

묵직한 것이 액수가 꽤나 되어 보이는 것 같았다.

테오의 눈썹이 움찔했다.

"이건 뭐지?"

"하하하, 제 성의입니다."

"무슨 성의?"

"공자님께서는 한창 유희를 즐기시며 세상을 공부할 때지 않습니까? 제가 거기에 조금이나마 보탬이 되고자 준비했습니다."

"그럼 내가 너희한테 뭘 해 줘야 하는데?"

"어휴, 바라는 거라니요, 그런 건 없습니다. 그저……."

필리프는 목소리를 과장되게 낮췄다.

"앞으로 도련님과 좋은 관계를 이어 가고 싶은 마음입……."

와장창!

그의 말이 끝나기도 전에 테오는 식탁을 뒤엎어 버렸다.

그러자 필리프가 놀란 눈으로 그를 보았다.

"아, 나……. 보자 보자 하니까 누굴 ×으로 보나."

"……?"

"지금 봉신 가문 주제에 감히 슈넬덴 직계를 건드려 놓고,

뭐? 돈으로 퉁 치겠다고?"

"고, 공자, 오해가 있는 것 같습니다!"

"지금 네 말은 내가 한낱 봉신 가문한테 용돈 받아 가며 뒤를 빨아 주라는 거잖아."

"빠, 빨아 주다니……! 공식적인 자리에서 그렇게 저속한 표현이라니요. 그런 게 아니라 원만한 관계를……."

"닥치고 이 돈 가지고 당장 꺼져."

"고, 공자. 체통을 지키십시오."

"체통은……. 네 ×이다, 이 새끼야."

"어, 어, 어……."

생전 듣도 보도 못한 쌍욕에 필리프의 어안이 벙벙해졌다.

그러나 두 가지는 확실했다.

지금 이 협상이 완전히 뒤집어졌다는 것.

그리고 테오가 생각 이상으로 구제 불능의 망나니였다는 것.

"못 말리는 망나니라더니, 그 표현이 전혀 틀리지 않았구려!"

이미 엎어진 협상.

이대로 테오를 돌려보낸들 똑같은 결말을 맞을 거라면 차라리 여기서 장부의 위치를 알아내야 했다.

협박을 해서라도.

"이렇게까지는 안 하려 했는데 어쩔 수 없겠군."

"오, 이제야 본색을 드러내시네."

"테오 공자, 험한 꼴 당하고 싶지 않으면 얼른 장부를 내놓으시오."

"슈넬덴이 진짜 호구로 보이긴 하나 보네. 항의 방문을 온 직계를 위협해?"

"아쉽게 됐소, 공자. 좋은 말로 할 때 장부를 내줬으면 좋았으런만."

"뭘 믿고 그렇게 자신만만해? 여기 지금 너랑 나밖에 없어."

"흐흐흐, 과연 그럴까?"

필리프는 반대쪽 문을 바라봤다.

마치 뭔가 준비되어 있기라도 한 듯한 제스처.

"……."

그러나 그 문에서는 그 누구도 나오지 않았다.

"여봐라! 당장 저 망나니를 잡아 내 앞에 꿇려라."

"……."

필리프가 외쳤음에도 여전히 문에서는 반응이 없었다.

그는 슬슬 불안지기 시작했다.

"거기 누구 없느냐? 당장 나오래도!"

"지금 뭐 개그라도 하는 거냐?"

"뭣들 하느냐! 당장 나오지 못할까?"

"뭐 일단 준비가 다 안 끝난 것 같기는 한데, 내가 굳이 기다려 줄 필요는 없겠지?"

우두둑.

"히이이익!"

테오가 손가락을 풀며 다가가자, 필리프는 뒷걸음질을 쳤다.

하지만 이 좁은 응접실에서 뒷걸음질에도 한계가 있을 수밖에 없었다.

쿵.

곧이어 그는 막다른 길에 다다랐다.

"이, 이럴 리가 없는데."

저 문 뒤쪽에는 열다섯 명의 기사와 60의 병사가 기다리고 있었다.

자신이 신호를 보내기만 하면, 그들이 전부 들어와 테오를 제압할 계획이었다.

그런데 어째서 아무도 나오지 않는단 말인가.

온갖 의문이 들었다.

그러는 동안에도 테오는 점점 다가오고 있었다.

"뭔가 준비한 게 있는 모양인데……."

테오의 한쪽 입꼬리가 올라갔다.

"아쉽게도 여기 나보다 더한 놈이 함께 왔거든. 그놈이 네가 준비한 계획을 망가뜨렸나 보지."

"이, 이럴 수는 없다!"

필리프는 테오를 밀쳐 내고는 문 쪽으로 달려갔다.

덜컹.

"지금 뭣들 하고 있는 게냐! 내가 분명 나오라고……."

퍽.

"끄어억!"

쿵.

문을 열자마자 기사 하나가 응접실 안으로 쓰러졌다.

문 너머를 본 필리프는 다리에 힘이 풀려 버렸다.

"이게 지금 무슨……?"

"응? 안 그래도 지금 나가려 했는데."

거기엔 웬 복면의 사내가 손을 툴툴 털고 있었다.

그 주위에는 자신이 대기시켜 뒀던 기사와 병사가 쓰러져 있었다.

모두 저 녀석에게 당한 것이리라.

단신으로 열다섯 명의 기사와 60의 병사를 상대하다니.

도대체 저 괴물의 정체는 뭐란 말인가.

"그러게 내가 말했잖아."

그때 뒤에서 서늘한 목소리가 들려왔다.

"나보다 더한 놈이 함께 왔다고."

어느새 테오가 바로 뒤까지 따라온 것이다.

"쯧쯧, 차라리 나한테 기절하는 편이 나았을 텐데. 이젠 나도 못 도와준다."

그는 진심으로 안쓰럽다는 듯 말했다.

필리프는 아직 그 말의 뜻을 이해하지 못했다.

"자, 그럼 우리 협조의 방으로 가 볼까?"

어느새 그의 코앞까지 다가온 복면 사내가 말했다.

"협조의 방?"

"있어. 뭐든지 협조하고 싶어지는 방."

"여기에 그런 방은 없는데……."

"없긴. 바로 여기가 협조의 방인데."

필리프는 그 말뜻을 이해하지 못했다.

그러나 옆에서 테오가 고개를 절레절레 젓는 것만 봐도, 그 결과를 유추할 수 있을 것 같았다.

"문 좀 닫아 줘."

"응."

쿵.

테오가 응접실의 문을 닫았다.

"끄아아아아아아악!"

그리고 그 방에선 필리프의 비명이 한참이나 울려 퍼졌다.

"사, 살려만 주시게. 시키는 대로 다 할 테니."

필리프는 가주실 의자에 꽁꽁 묶여 있었다.

그의 얼굴엔 시퍼런 멍이 군데군데 들어 있었고, 눈꼬리엔 눈물이 고여 있었다.

입안이 터졌으면서도 겨우겨우 말하는 모습은 처절해 보

였다.

"시키는 대로? 정말 시키는 대로 다 할 거야?"

그 앞에서 악당이나 할 법한 대사를 치고 있는 복면의 사내.

테오는 저 녀석이 자신의 동생이라 다행이라는 생각마저 들었다.

'그래도 저놈, 내가 형이라고 봐준 거였구나.'

루크가 자신을 괴롭히던 수법을 보면 정말 악랄하기 그지 없었다.

그런데 필리프가 당하는 걸 보니 자신에게 했던 건 아무것도 아니었다.

오히려 루크가 자신에게는 손속을 좀 봐준 거였다.

"그, 그 대신 살려만 주십쇼."

그 와중에 필리프는 필사적으로 고개를 끄덕였다.

지금 그는 테오의 말을 듣지 않은 걸 후회하고 있었다.

차라리 그때 테오의 손에 기절했다면 이런 고통은 없었을 테니까.

그 정도로 루크의 손속에는 사정이 없었다.

"좋아, 그럼 네가 저지른 짓을 공식적으로 자백해."

"자백이라면……."

"네가 위민단의 수괴이며 영지민들에게 삥을 뜯고 다녔다고 말이야."

"그, 그건……!"

그가 조금이라도 틈을 들이는 순간이었다.

우지끈.

"끄아아아아아악!"

루크는 아무 말도 없이 그의 새끼손가락을 꺾어 버렸다.

상상을 초월하는 고통에 필리프는 흰자를 반쯤 보이며 고개를 젖혔다.

"거래 조건이 다르잖아. 살려만 주면 시키는 대로 다 한다며?"

"네, 네, 네, 네! 하겠습니다. 자백하겠습니다."

그제야 루크는 꺾었던 손가락을 놓아주었다.

단 일 초라도 생각할 시간을 주지 않는 것.

그것이 고문의 기초라고 해도, 루크에겐 인간성이 조금도 없는 것 같았다.

그래도 덕분에 복잡하게 사실을 증명할 것 없이 간단하게 비스크가의 죄를 밝힐 수 있게 되었다.

"한 가지 더."

하지만 루크는 더 바라는 게 있는 모양이었다.

"너랑 네 가족은 은퇴하고 어디 산속에 들어가서 살아."

"그게 무슨 말씀이시죠?"

"내 말이 어렵나? 비스크 영지를 포기하라고."

"……."

우지끈.

필리프가 뜸을 들이자마자 루크는 곧바로 손가락을 꺾어 버렸다.

"끄아아아악!"

엄청난 고통 속에서도 필리프는 차마 곧바로 고개를 끄덕이지 못했다.

조상 대대로 가꿔 온 땅을 포기하라니.

어떻게 그 말을 바로 받아들일 수 있겠는가.

"어차피 장부가 세상에 밝혀지면 하이에나들이 너희 영지로 달려들 거야. 이곳은 그놈들에게 갈기갈기 찢길 테고, 너도 처형당하겠지."

루크는 꺾은 손가락을 놓지 않은 채로 말을 이어 갔다.

"차라리 영지를 넘기고 어디 산속에 들어가서라도 살아남는 게 낫지 않아?"

"끄으으윽……."

그 몇 초 동안, 필리프의 머릿속엔 온갖 생각이 지나쳐 갔다.

고통 때문에 정신이 혼미해졌지만, 당장 자신의 목숨이 달린 만큼 허투루 생각할 수는 없었다.

그리고 내린 결론은…….

"알겠습니다. 그렇게 할 테니까 제발 이것 좀 놓아주십시오!"

저자의 말을 듣는 것이었다.

녀석의 말대로 다른 가문 녀석들이 달려들기 시작하면, 상징성을 위해서라도 자신을 공개 처형시킬 것이 분명했다.

슈넬덴은 존재 자체로써 정당성을 가지고 있으니, 처형까지는 필요로 하지 않을 터.

비록 개똥밭에 구를 게 뻔했지만, 그래도 이승에 있기로 한 것이다.

"좋아. 그럼 바로 계약부터 하자. 나중에 가서 딴소리하면 안 되니까."

그가 대답을 하자마자 루크가 손가락을 놓아주었다.

"로엘의 공증까지 받으려면 시간이 좀 더 걸리겠지?"

아무 일도 없었다는 듯 말하는 루크를 보며, 테오는 몸서리를 쳤다.

'역시 저놈은 함부로 건드리면 안 돼.'

다시금 그 사실을 되새기는 날이었다.

🌀

슈넬덴 본가의 가주 집무실.

율리안은 막 천설검의 오의가 다 해석되었다는 보고를 받았다.

아직 설화이검의 해석이 남아 있긴 했지만, 그래도 슈넬덴의 가장 기초적인 보법과 검술은 복구를 마쳤다.

온전한 슈넬덴의 비전 하나가 가지는 가치는 말로 표현할 수 없다.

그 위력은 설명이 필요 없었다.

당장 온전한 비전을 익힌 라바흐는 이제 북부에서 손꼽히는 기사단이 되었잖은가.

그뿐만 아니라 슈넬덴으로서 슈넬덴의 온전한 비전을 사용한다는 상징성.

이를 무시할 수 없었다.

테오를 포함해 온전한 비전을 전수받은 기사들은 하나같이 슈넬덴에 대한 충성심이 깊어졌다.

'하긴 가문의 비전이 가진 진정한 위력을 몸소 체험했으니, 나 같아도 충성심이 생기겠지.'

이런 변화가 슈넬덴 전체로 퍼진다면?

슈넬덴의 기사들은 200년 전의 모습을 일부나마 되찾을 수 있을 것이다.

실력적으로도 또 정신적으로도.

마음 같아서는 지금 당장 슈넬덴의 모두에게 비전을 전수하고 싶었다.

하지만 보는 눈 때문에 그럴 수가 없었다.

아무리 현재 폐쇄적인 정책을 하고 있다지만, 집안의 소문이 언제 밖으로 흘러나갈지 몰랐으니까.

특히 코넬리오의 눈이 가장 신경 쓰였다.

그놈들은 지원을 명목으로 주기적으로 감시 인원을 보낼 정도로 슈넬덴에 관심이 많았다.

'조금이라도 이상한 움직임을 보였다간 그놈들이 지원금을 끊겠다며 협박하겠지.'

이 부분이 가장 큰 걱정거리였다.

샤룬이 이자를 받지 않는 데다가 몇몇 상단과 거래를 트면서 자금 사정이 많이 나아지긴 했지만, 그건 어디까지나 일시적인 것일 뿐.

가문을 안정적으로 굴릴 만한 정기적인 수입이 필요했다.

보통은 영지민들이나 주요 도시에서 걷는 세금이 주요 수입원이다.

하지만 지난 200년간 슈넬덴은 너무나 많은 영지와 주요 도시들을 내주었다.

남은 거라고는 약간의 영지와 소도시 한두 개가 전부.

그 정도로는 슈넬덴이라는 큰 가문을 굴리기엔 빠듯했다.

'슈넬덴이 정상 궤도에 오르기 전까지는 아직 코넬리오의 지원이 필요하구나.'

마음이 싱숭생숭하긴 해도 절망적이진 않았다.

적어도 지금은 이전과 달리 희망의 빛이 보이고 있었으니까.

슈넬덴이 자립하기 전까지라면 그깟 자존심 얼마든지 굽

혀 주리라.

그리고 코넬리오를 떨쳐 내는 날.

비로소 슈넬덴의 옛 영광을 되찾는 첫발을 내딛게 되는 것
이다.

율리안은 그렇게 스스로를 다독였다.

그런 율리안을 위로라도 하는 것일까.

창문을 타고 들어온 달빛이 율리안을 부드럽게 감쌌다.

'그러고 보니 테오와 함께 산책을 하던 때도 달이 이렇게
밝았는데.'

지난밤, 테오와 산책을 하던 날이 떠올랐다.

아들과 함께 산책하며 이런저런 대화를 나누다 보니, 피로
감이 씻은 듯이 사라져 버렸다.

또 아들들과 이야기를 나누다 보면 이런 근심을 덜어 낼
수 있지 않을까.

그런 생각이 들었다.

'저번엔 녀석들이 먼저 와 줬으니, 이번엔 내가 먼저 초대
를 해 봐야겠군.'

"디온, 밖에 있는가?"

그는 디온을 불렀다.

그러자 문이 열리며 디온이 들어왔다.

"하명하실 일이 있으십니까?"

"별일 아니네. 그저 두 아들과 함께 산책을 할까 싶어서."

디온은 부드러운 미소를 지었다.

율리안이 업무에 치여 가족들을 생각하지 못하는 게 내심 아쉬웠던 그였다.

요즘 들어 여유가 생겨서 그런지 가족들에게도 눈길이 가는 모양이다.

"그럼 지금 바로 전달하겠습니다."

"아닐세. 요즘 둘 다 비전 수련에 열심이라지? 오늘은 밤이 늦어 쉬고 있을 테니 내일 일러 주게."

"소월관에서 몇 날 며칠을 훈련 중이라더군요. 두 분 다 참으로 기특하지요?"

"허허, 자네가 보기에도 그런가?"

"장차 슈넬덴의 들보가 될 재목들 같습니다."

"나도 아비인지라 아들 칭찬을 들으니 기분은 좋군."

"그럼 제가 내일 아침 일찍 이를 전달하도록 하겠습니다."

"부탁하겠네."

흐뭇하게 미소 짓던 둘은 꿈에도 몰랐다.

그 시각 루크와 테오는 몰래 가출을 해서 한 가문을 박살내고 있었다는 걸.

다시 슈넬덴으로 돌아가는 길.

루크의 손에는 수정구가 하나 들려 있었다.

수정구 표면에 새겨진 문양은 로엘의 공증 인장이었다.

이 인장이 수정구의 진위를 확실히 증명하는 증거였다.

 나 필리프 비스크는 위민단을 시켜 보호비를 명목으로 추가 세금을 징수했다.

루크가 수정구를 만지자 필리프의 목소리가 흘러나왔다.

공증인 앞에서 필리프가 자신의 잘못을 자백한 내용이었다.

 ─이 모든 과오를 속죄하는 의미에서 나는 비스크라는 이 름을 내려놓을 것이며, 비스크 영지에 대한 관리는 관례에 따라 북부의 맹주인 슈넬덴에게 일임하는 바…….

그리고 비스크 영지의 관리를 슈넬덴에게 맡긴다는 내용도 나왔다.

가주가 스스로 말을 했으니, 이제 다른 가문들은 이 일에 끼어들 명분이 없어지게 된다.

물론 예전 같았으면 이런 명분마저 무시해 버릴 수도 있었다.

그러나 그건 200년짜리 차용증이 없을 때나 가능한 이야기.

루크의 지시 한마디면 샤룬을 비롯한 북부의 대형 가문들은 대부분 입을 꾹 다물어야 했다.

"녹음은 잘된 것 같네."

루크는 만족했다.

처음에는 그저 래비의 장사를 도울 생각이었지만, 어쩌다 보니 슈넬덴의 자금줄까지 만들게 되었다.

말 그대로 일석이조.

만족스럽지 않을 수가 없었다.

옆에 있던 테오는 이 사실이 믿기지 않는 모양이었다.

"우리가 진짜 한 가문을 무너뜨리다니."

"시골구석의 조그만 가문일 뿐이야. 그래도 그만큼 우리가 성장했다는 거지."

"우리도 안 믿기는데 이걸 아버지께는 어떻게 보고하지?"

"그렇지 않아도 그거 말인데……."

그는 수정구를 테오에게 건넸다.

테오는 그것을 멀뚱멀뚱 쳐다보았다.

"이건 왜?"

"나중에 아버지께 보고할 때는 이거 다 형이 한 거라고 보고해."

그러자 테오는 당황했다.

"무슨 소리야? 이건 네가 계획한 일이잖아? 난 이름만 빌려줬을 뿐이고."

"바로 그거야."

"뭐가?"

"이름을 빌려줬잖아. 공식적으로 위민단을 무너뜨린 사람이 누구지?"

"나."

"그럼 공식적으로 필리프를 만난 인물은?"

"나."

"그런데 갑자기 이게 다 내가 계획한 일이라고 말하면 형의 입장이 뭐가 되겠어."

"……."

테오는 말이 없었다. 아니, 말을 하지 못했다.

지금 여기서 입을 열면 눈물이 흐를 것 같았기 때문이다.

"형이 다 공을 가져가는 건 조금 배 아프지만 어쩌겠어. 형의 이름을 빌린 대가라고 생각해야지."

"너, 너, 이 자식……!"

감동이었다.

루크의 생각이 깊다는 건 알고 있었지만, 이 정도일 줄은 몰랐다.

폭정을 일삼는 가문을 무너뜨리고 가문에 영지까지 가져다준 건 엄청난 공적이다.

그런데 그걸 자신에게 고스란히 주겠다니.

그것도 오로지 자신의 체면을 생각해 줘서.

여기에 감동을 받지 않는다면 그건 사람도 아닐 것이다.

"정말 괜찮겠어?"

냉큼 고맙다고 하고 싶었지만, 체면상 마지막으로 다시 한 번 물어봤다.

"대신 나중에 공 하나 세우면 나한테 줘. 그리고 이 가출 사건도 형이 계획한 거로 하고."

"당연하지!"

지금 이만한 공을 준다는데 그깟 가출 사건이 문제겠는가.

이건 그냥 공짜로 주겠다는 것과 다르지 않았다.

"동생아, 네 공은 내가 절대 잊지 않을게."

"됐어."

"정말이야. 내가 평생 기억하고 갚을 거야."

"나중에 아버지 앞에서 말 안 틀리게 연습이나 잘해."

"지금부터 연습하자. 영혼의 연기를 보여 줄 테니까."

테오는 그 길로 집까지 가는 내내 보고 상황을 연습했다.

루크는 그런 테오를 흐뭇하게 쳐다봤다.

'관심받이로 딱이라니까.'

저 녀석만 있다면, 앞으로도 눈에 띄지 않고 활동하는 데는 걱정이 없을 것 같았다.

﹡

토르빈은 아침부터 청상관을 찾아갔다.

무려 가주께서 직접 산책을 제안하셨다.

이렇게 좋은 소식을 당장이라도 도련님께 알려 드리고 싶었지만, 마침 루크가 소월관을 비운 것이다.

최근 들어 루크가 소월관을 비우는 일이 종종 있었다.

그럴 때면 항상 테오가 있는 청상관에 있을 거라고 했다.

비전의 집중 수련을 위해 단기 폐관을 한다면서.

'언제 테오 도련님과 저렇게 친해진 건지.'

예전을 생각하면 정말 있을 수 없는 일이었다.

둘이 같이 있다고 하면, 일단 루크가 무사할지부터 걱정되는 관계였으니까.

그러나 요즘 둘은 전혀 다른 사람이라고 해도 될 정도로 변했다.

토르빈은 그런 변화가 싫지는 않았다.

우연이겠지만, 도련님들의 변화와 맞물려 가문의 사정도 좋아지고 있었다.

10년 넘게 슈넬덴에서 근무하면서 이토록 생기 넘치는 모습을 본 게 언제였던가.

앞으로도 도련님들께도, 가문에도 이런 변화가 계속되었으면 하는 바람이었다.

그런 생각을 하며 청상관으로 향하고 있을 때였다.

철컹.

청상관의 문이 열리더니 라히츠가 걸어 나왔다.

"라히츠 경, 오랜만입니다."

"토르빈이군. 오랜만이네. 청상관에는 어쩐 일이지?"

"루크 도련님께 급히 전할 말씀이 있어서 왔습니다."

"음?"

라히츠는 고개를 갸웃했다.

"루크 도련님을 찾는데 왜 청상관에 온 거지?"

"그야 도련님께서 여기 계시니까요."

"두 도련님 모두 소월관에 계신 거 아니었나?"

"네? 그게 무슨 말씀이십니까?"

"테오 도련님께서는 루크 도련님과 비전 연구를 한다시며 소월관에서 일주일 정도 머물 거라 했는데."

"루크 도련님이야말로 같은 이유로 청상관에 머문다고……?"

말할수록 지금 뭔가 한참 잘못되었다는 게 느껴졌다.

"설마 지금 두 도련님 모두 사라지신 겁니까?"

"그, 그럴 리가! 혹시 다른 곳에 계신 것일 수도 있지 않은가?"

"두 도련님이 갈 만한 곳이 있습니까?"

"난 일단 백은관으로 가 보겠네."

"그럼 제가 본관 쪽을 살펴보겠습니다."

"서로 찾아본 후에 여기서 다시 만나지."

"서두르죠!"

둘은 다급하게 흩어졌다.

그리고 잠시 후.

그들은 다시 청상관 앞에서 만났다.

서로의 표정만 봐도 성과가 없다는 것을 알 수 있었다.

"백은관에는 없었습니까?"

"없었네. 본관에는?"

"본관뿐만 아니라 도서관, 설풍의 회랑부터 대정원까지 다 찾아봤는데도 없었습니다."

"그럼 도련님들이 실종됐다는 말인가?"

"말도 안 돼……!"

둘의 표정은 점점 더 굳어졌다.

슈넬덴의 직계 혈족이 하루아침에 실종된 것이다.

그것도 두 분이나!

실종된 기간을 따져보면 벌써 일주일째.

가문이 발칵 뒤집어질 만한 사건이다.

만약 두 분께서 변이라도 당하신다면, 둘을 보필해야 하는 자신들은 그 책임을 고스란히 안게 될 것이다.

"어쩐지 갑자기 두 분에서 비전 연구를 한다는 말을 하더라니!"

라히츠가 분통을 터뜨렸다.

그때만 해도 도련님들이 열의가 넘친다며 기특하다고 생각했던 과거의 자신을 저주했다.

"이를 어쩝니까?"

"숨긴다고 우리끼리 해결할 수 있는 게 아니네. 일단 내가 가주님께 보고하지."

"……보고하는 수밖에 없겠지요?"

토르빈은 불안한 눈으로 물었다.

보고하지 않으면 별수가 없다는 건 잘 알고 있었다.

그저 얼마 전에 루크가 머리를 다치는 사건이 있었는데, 얼마 지나지 않아 실종 사건까지 벌어지니 자신의 명줄이 걱정되는 것뿐.

"방법이 없지 않은가. 내 두 분을 너무 자유롭게 풀어 주는 게 아니었어."

"아닙니다. 제가 루크 도련님께 더 딱 붙어 있어야 했는데."

"어쨌든 나는 가주님께 가 보겠네. 보고가 늦어질수록 우리 죄도 더 중해질 테니."

"그럼 저는 도련님들을 찾아보고 있겠습니다."

"만약 찾으면 바로 본관으로 와서 날 좀 살려 주게."

"물론입니다."

라히츠는 본관을 향해 전력 질주했다.

토르빈은 그의 뒷모습을 우두커니 바라봤다.

'진짜 별일 없어야 할 텐데.'

그가 할 수 있는 거라고는 도련님이 무사히 돌아오길 바라는 것뿐이었다.

"뭣이? 테오와 루크가 실종된 지 일주일째라고?"

예상대로 본관이 발칵 뒤집혔다.

라히츠는 율리안 앞에 무릎을 꿇었다.

"전부 제 잘못입니다. 죽여 주십시오."

"둘 다 제 발로 집을 나갔는가?"

"정황상 그런 것 같습니다⋯⋯."

"후우⋯⋯."

율리안은 새어 나오는 한숨을 막을 수가 없었다.

'둘 다 철이 좀 든 줄 알았는데.'

사실 테오와 루크 모두 예전엔 종종 가출을 했었다.

루크는 테오의 괴롭힘을 피하려고 도망치듯 집을 나갔고, 테오는 노던으로 내려가 밤새 술을 마시기 위해 집을 나갔다.

그러나 최근 그들의 모습을 보다 보니 느닷없이 가출할 줄은 몰랐다.

'아직은 애들이었구나.'

하긴 그래 봐야 열여덟 살, 열다섯 살짜리 소년이었다.

아직은 검보단 놀이를 더 좋아할 만도 했다.

그저 최근 들어 아이들에게 마음을 의지했던 터라 아쉬움이 클 뿐.

율리안의 그런 모습을 보다 못한 디온이 입을 열었다.

"대체 경비들은 뭣들하고 있었기에 도련님들이 담을 넘는 것도 모르고 있었단 말입니까?"

그는 웬만해서 화를 내지 않는 사람이었다.

그러나 이번만큼은 목소리에 노기가 잔뜩 잠겨 있었다.

그도 그럴 게 지금 슈넬덴은 점점 좋은 방향으로 나아가는 중이었다.

순풍을 타도 모자랄 판국에 직계 두 명이 모두 변을 당한 다면?

이는 자칫 슈넬덴의 좋은 흐름을 모두 끊어 버릴 수도 있는 일이었다.

무엇보다 율리안은 최근 두 아들에게 심적으로 많은 의지를 하고 있었다.

그런데 느닷없이 가출이라니.

겨우 되찾은 가주님의 웃음이 사라져 버릴지도 몰랐다.

"되었네."

"하오나, 가주님!"

"두 아이의 백운보 경지가 높다고 하지 않았나. 오의가 제대로 구현된 백운보라면 경비들도 알아차리기 쉽지 않았을 걸세."

율리안이 그런 디온을 진정시켰다.

"그리고 가출을 한 건 테오와 루크이니, 그 녀석들부터 타

일러야지."

"알겠습니다."

가주가 그렇게 말하니 디온도 수긍했다.

"다만 그렇다고 해서 경비의 잘못이 없다고 해선 안 됩니다. 명색이 경비라는 자가 안에서 새는 물조차 못 막는다니요."

"알겠네, 경비에 대한 질책은 자네에게 맡기지. 대신 두 아들은 내가 직접 맡겠네."

결코 봐주겠다는 게 아니었다.

오히려 더 호되게 혼을 내기 위함이었다.

디온이나 라히츠는 마음 놓고 녀석들을 타이를 수 없을 테니까.

"예, 가주님."

"하지만 그전에 우선은 아이들을 찾는 게 우선이네."

그의 말이 맞았다.

최근 북부의 치안 상황은 그리 좋지 않았다.

그나마 노던으로 향하는 길이라면 모를까, 다른 곳은 최근 마물이나 초적 떼 때문에 애를 먹는 상황이었다.

아무리 둘의 실력이 많이 성장했다지만, 행여나 떼거리로 몰려다니는 녀석들을 만난다면 위험에 처할 수도 있었다.

"지금 당장 수색대를 꾸려 주게."

"예, 제가 지금 당장 출발하겠습니다."

라히츠가 얼른 대답했다.

그 역시 이번 일로 책임을 느끼고 있었다.

혹시나 도련님들께 변이라도 생긴다면 진심으로 이번 일에 책임을 질 생각이었다.

"내 이놈들 돌아오기만 한다면 용서치 않을 것이네."

그때였다.

문밖에서 누군가 급하게 달려오는 게 느껴졌다.

정문의 연락을 담당하는 전령이었다.

"가, 가주님! 도련님들께서 정문 앞에 계신다고 합니다!"

"둘 다?"

"예, 그렇습니다."

"어디 다친 곳은 없고?"

"생채기 하나 없었습니다."

"후……."

방금까지 노발대발하던 그들은 동시에 안도의 한숨을 내쉬었다.

"두 녀석 모두 바로 본관으로 들라 하게!"

전령이 나가고 잠시 후, 테오와 루크가 들어왔다.

"네 이놈들! 대체 어딜 갔다 오는 게냐!"

그들을 보자마자 율리안이 버럭 소리를 질렀다.

슈넬덴 정점에 있는 자가 내지르는 일갈.

그 노도와 같은 기세에 테오는 저도 모르게 몸을 움찔거렸다.

툭.

옆에 있던 루크가 그의 옆구리를 쳐 주자, 그제야 테오는 숨을 쉴 수 있었다.

"들었느니라, 한밤중에 집을 몰래 빠져나갔다고. 그러라고 너희에게 백운보의 오의를 가르쳐 준 줄 알았더냐?"

"죄송합니다, 아버지."

"누구 생각이지?"

"……."

"귀가 먹은 게냐? 누가 주도한 계획인지 물었다."

"저입니다."

테오가 조심스럽게 손을 들었다.

"테오, 네 녀석의 소행이냐?"

"예, 제가 루크를 끌고 몰래 집을 나갔습니다."

"어째서냐?"

"……."

테오는 또다시 입을 다물었다.

오기 전에 많은 연습을 하고 왔지만, 막상 아버지의 기세를 보니 말문이 막힌 것이다.

그는 무심코 루크 쪽을 보았다.

'빨리 말 안 하고 뭐 해? 그냥 내가 했다고 할까?'

루크의 눈빛이 그렇게 말하고 있었다.

"불의를 보고 지나치지 못했기 때문입니다."

테오는 끝내 말문을 틔웠다.

예상외의 답변에 율리안의 고개가 갸웃했다.

"무슨 불의를 보았길래 몰래 가출까지 하였느냐?"

"혹시 비스크 영지라고 아십니까?"

"노던의 동쪽에 있는 작은 영지 아니더냐."

"그렇습니다. 일전에 노던에서 우연히 그곳 영지민을 만난 적이 있었습니다."

일단 말문을 틔었더니 그때부터는 쉬웠다.

비스크가 위민단이라는 단체를 활용해 추가 세금을 걷고 있었다는 것.

이로 인해 비스크 영지민들의 생활이 피폐해졌다는 것.

한 명의 기사로서 불의를 그냥 넘길 수 없어 비스크에 항의를 하러 간 것 등.

루크와 함께 짜 뒀던 각본대로 대사가 술술 나왔다.

특히 비스크의 기사들과 싸워서 이겼다는 대목에서는 주변의 감탄마저 새어 나왔다.

"그러니까 너희끼리 비스크가의 기사를 모두 제압했다?"

믿기 어려운 일이었다.

아무리 이 아이들의 재능이 출중하다고는 하나, 한 가문을 상대하는 건 차원이 다른 이야기였다.

비스크가 약소 가문이라고 해도 말이다.

"형님의 작전 덕분이었습니다."

이때 루크가 설명을 덧붙였다.

"형님은 사전에 위민단 지부들을 공격했습니다. 비스크의 기사들 대부분이 진상 조사로 본가를 비우게 됐죠."

"그랬다면 본가엔 기껏해야 스무 명 정도의 기사만 남아 있었겠군."

"게다가 슈넬덴의 혈족임을 이용해 비스크 가주와 독대를 한 후, 곧바로 그를 인질로 잡았습니다."

알다시피 전부 다 거짓말이었다.

'어쨌든 그럴듯한 게 중요한 거니까.'

환생을 한 후에 알게 된 건데, 변명할 때는 '그럴 수도 있겠다.'라는 생각이 들게 하는 것만으로 충분했다.

그럼 나머지 갭은 천재성으로 채워진다.

　

-천재가 다르긴 다르구나.

-천재라서 가능한 거구나.

　

이렇게 말이다.

저 끄덕거리는 고개들을 보라.

이번에도 이 방법이 통한 것이다.

"그러니까 너희 둘이서 비스크 가문을 무너뜨렸다는 것이더냐?"

"과찬입니다. 그저 빈집을 털었을 뿐이죠."

다시 테오가 대답을 이었다.

"그렇다면 비스크 영지는 어떻게 되었지?"

"비었습니다. 필리프가 영지를 포기하고 도망가 버렸거든요."

"네 말은……?"

테오는 회심의 미소를 지었다.

바로 이 순간이 루크가 말한 하이라이트였다.

"관례대로 비스크 영지는 슈넬덴에서 관리하게 되겠죠."

율리안이 장담한 대로 두 아들을 호되게 타이를 명분이 사라져 버렸다.

"무슨 말인지는 알겠다."

율리안은 두 아들이 하는 말을 과장이라고 생각했다.

최근 들어 많이 변하긴 했어도, 아직 저 아이들은 10대 중후반.

한창 객기를 부리고 관심을 받길 바라는 나이였다.

아마 비스크가의 가주를 만나 다툼이 있었다는 것 정도만 사실일 테지.

'아이들이 영웅 소설을 많이 읽은 모양이군.'

단신으로 악덕 영주를 찾아가 그를 제압하고 영지를 받아 온다는 건 영웅담에서는 꽤 흔한 소재다.

자신 역시 어린 시절 그런 소설을 읽으며 영웅이 되길 꿈꿨었다.

그러나 현실은 소설보다 훨씬 복잡하다.

일단 애들 둘이서 한 가문을 상대하는 것부터가 소설에서 나올 법한 이야기였다.

백번 양보해서 정말 두 아들이 비스크를 쓰러뜨렸다고 치자.

저 아이들은 백 년에 한 번 나올 천재들인 데다가, 설명을 들어 보니 꽤 좋은 전략을 사용하기도 했으니까.

그래도 그 영지를 넘겨받는다는 건 결코 쉬운 일이 아니었다.

비스크 영지라는 먹이가 떨어졌는데, 샤룬이나 라바흐 같은 가문들이 가만히 있을 리가 없었다.

분명 영지민들을 구한다느니 비스크가를 심판한다느니 온갖 명분을 앞세워 비스크를 먹으려 들 것이다.

그 과정에서 각자의 뒤를 봐주는 대형 가문들을 끌어들일 수도 있었고.

그 틈바구니에서 주인이 사라진 봉신 가문의 영지는 맹주 가문이 관리한다는 단순한 명분이 과연 통하기나 할까?

'대놓고 무시나 당하지 않으면 다행이겠지.'

이처럼 현실이라는 건 소설처럼 단순하지 않다.

그저 상대를 쓰러뜨렸다고 해서 상대의 모든 것을 가지고 올 수 있는 것도 아니다.

온갖 역학 관계들이 얽혀 있기에 무력만으로는 모든 걸 해결할 수 없다.

저 아이들은 어린 탓에 그런 걸 알지 못하니 저런 허무맹랑한 과장을 한 것이겠지.

아직 어린 만큼 현실에 대해 다 알 필요는 없지만, 그래도 어느 정도는 알려 줄 필요가 있을 것 같았다.

"얘들아, 영지를 넘겨받는다는 건 너희 생각만큼이나 쉬운 일이 아니란다."

율리안이 차분하게 말했다.

"너희 말대로 비스크가 쓰러졌다고 해도, 곧 북부의 수많은 가문들이 비스크 영지를 차지하기 위해 달려들 것이다."

"알고 있습니다."

테오도 역시 차분하게 대답했다.

"그렇다면 단순히 빈 영지는 맹주 가문이 관리한다는 명분만으로는 비스크를 차지할 수 없다는 것도 알겠구나. 그 명분을 관철시킬 힘이 필요하지."

'지금의 슈넬덴에는 그럴 만한 힘이 없고.'

율리안은 차마 그 말은 덧붙이지 못했다.

그래도 똑똑한 아이들이니 이 정도로도 충분히 알아들었으리라.

그렇게 생각하고 있을 때였다.

"그것도 알고 있습니다. 원래 강할수록 일이 단순해지고 약할수록 일이 복잡해지죠. 그리고 슈넬덴은 후자에 속하고요.”

“도, 도련님, 말씀이 지나치십니다!”

“지금 도련님께서는 야단을 맞는 중입니다. 그에 맞는 태
도를 갖추셔야죠.”

테오의 당돌한 대답에 디온과 라히츠가 주의를 시켰다.

그러나 테오는 아랑곳하지 않고 자기 할 말을 이어 갔다.

“그래서 복잡한 길을 택했습니다. 그 명분보다 더 강한 명
문을 준비했거든요.”

테오는 품에서 수정구를 꺼냈다.

수정구에는 로엘의 공증 인장이 선명하게 새겨져 있었다.

“그건 음성 저장 수정구구나. 그게 뭐 어쨌다는 것이냐?”

“잠시 들어 보시겠습니까?”

테오는 지난번 루크가 했던 것처럼 수정구를 재생시켰다.

　－비스크가의 14대 가주, 나 필리프 비스크는 이 증언을
함에 있어 어떠한 외압도 받지 않았음을 선언한다. 아울러
이 증언은 지엄한 정의의 신 로엘의 수호자 앞에서 이루어
졌음을 밝힌다.

수정구에서 필리프의 목소리가 나오자 율리안의 눈이 동
그래졌다.

“이게 무엇이더냐? 왜 비스크가의 가주가…….”

"조금만 더 들어 보시지요."

　－이 모든 과오를 속죄하는 의미에서 나는 비스크라는 이름을 내려놓을 것이며, 비스크 영지에 대한 관리는 관례에 따라 북부의 맹주인 슈넬덴에게 일임하는 바…….

이 증언에서 가장 중요한 부분이 나왔다.

그 말이 나왔을 때, 율리안을 비롯한 모두가 탄성을 터뜨렸다.

테오는 남몰래 루크를 보며 눈을 찡긋했다.

'나 연기 잘했지?'

'까불지 말고 마지막까지 집중해. 걸리면 내일부터 운동량두 배로 늘릴 거니까.'

'저놈은 형 대접을 무슨……!'

루크의 표정을 본 테오는 풀이 죽어서는 고개를 돌렸다.

어쨌든 그의 말대로 마지막까지 집중해야 했다.

"이 정도면 충분한 명분이 될까요?"

"확실히 이거라면……."

율리안은 할 말이 없어졌다.

그럼 조금 전 아이들이 했던 말이 모두 사실이란 의미였다.

그 사실을 받아들이려 하니 사고가 정지되어 버렸다.

"이, 일단 너희는 거처로 돌아가 있어라. 너희에 대한 처분은 조금 이따가 하도록 할 테니."

"예, 알겠습니다."

"잠깐만."

테오와 루크가 물러나려 할 때, 율리안이 불러 세웠다.

"그 수정구는 두고 가거라."

"그러죠."

수정구를 넘겨준 둘은 가주실을 나왔다.

척.

문이 닫힌 걸 확인한 루크는 테오에게 주먹을 내밀었다.

툭.

테오는 방긋 웃으며 주먹을 가져다 댔다.

한편 가주실.

"로엘의 공증을 받은 증언이라……. 그렇다면 애들이 한 말이 모두 사실이란 말이겠지."

율리안은 심각한 표정으로 물었다.

"그럴 것 같습니다."

"우리가 비스크를 관리할 명분도 충분하고."

"아무래도 가주 본인이 직접 선언한 것이니, 다른 가문들도 선뜻 들어오긴 힘들겠지요."

"지금의 슈넬덴이라면 이 정도 명분은 지킬 수 있습니다."

디온의 말에 라히츠가 덧붙였다.

물론 율리안도 그 의견에 동의했다.

이 정도의 명분이라면 코넬리오 같은 타 지역 가문은 간섭하지 못할 테니, 슈넬덴의 힘으로 어떻게든 지켜 낼 수 있으리라.

"비스크를 가지는 쪽이 우리에겐 큰 이득이기도 하지."

현재 슈넬덴은 정기적인 수입 한 푼이 아쉬운 상황이었다.

비록 비스크 영지의 규모가 크지는 않더라도, 지금의 슈넬덴에는 매력적인 수입처였다.

무엇보다 공짜로 들어오는 수입이지 않은가.

여러모로 실보다 득이 훨씬 큰 상황.

그럼에도 가주실의 분위기가 이토록 가라앉아 있는 이유는 따로 있었다.

"그럼 저 애들은 어떻게 해야 하겠나?"

집안을 몰래 탈출하여 자칫 외교적인 문제를 일으킬 수 있는 큰일을 저지르고 돌아온 두 아들.

원래 같았으면 엄하게 타이르고 근신에 처할 만한 잘못이었다.

하지만 막상 그러려고 하니 그 아이들이 가지고 온 결과가 너무나 막대했다.

가출한 아이들이 어디서 영지를 가지고 와 버릴 거라고 누가 예상했겠는가.

이렇게 되니 막상 벌을 주기도 애매해져 버렸다.

아니, 벌을 주기는커녕 상을 줘도 모자랄 판이었다.

"과정이야 어찌 되었든 비스크 영지라는 엄청난 공을 세웠습니다. 잘못을 덮기엔 충분하지 않을까요?"

디온이 조심스럽게 말했다.

"아닙니다! 운이 좋아 결과를 가지고 온 것뿐이지, 돌이켜 생각해 보면 위험천만한 것들뿐이었습니다."

라히츠가 이에 반대하고 나섰다.

"만약 일이 조금이라도 잘못 풀렸으면 가문에 큰 문제가 생겼을지도 모르잖습니까? 때로는 매가 더 좋은 약일 수도 있습니다."

"라히츠 경, 과연 이게 우연이기만 하겠습니까?"

"그게 무슨 말이오?"

라히츠가 디온에게 되물었다.

"도련님께서 비스크를 상대한 전략을 보십시오."

"전략이라니요?"

"테오 도련님은 지부를 공격해 상대 병력을 분산시키고, 가주를 인질로 삼아 자신보다 강한 병력에게 승리를 거뒀습니다. 과연 이게 순전히 운이 좋아 거둔 승리입니까?"

라히츠는 대답하지 못했다.

그가 생각하기에도 이보다 좋은 전술은 없었다.

"이 전술을 성공하기 위해서는 대담성과 실력이 모두 있어야 하지 않겠습니까?"

"그건 그렇소만."

"무엇보다 명분을 위해 공증을 받은 자백을 받아 오신 걸 보십시오. 이는 정치 외교를 꿰고 있지 않고서야 생각할 수 없는 일입니다."

"……"

"이는 테오 도련님의 능력으로 이뤄 낸 결과입니다. 그러니 마땅히 상을 받아야겠지요."

"내 생각이 짧았던 것 같소."

라히츠도 이를 인정할 수밖에 없었다.

과연 지금의 자신이라고 해도 이렇게 대담하면 치밀한 계획을 세울 수 있었을까.

그 자문에 대답하지 못했기 때문이었다.

하지만 잠자코 이야기를 듣고 있던 율리안은 아직 의문이 남아 있었다.

'이게 정말 테오가 생각한 것일까?'

분명 테오는 자기가 직접 한 것이라고 말했다.

'그러기엔 조금 전에……'

다들 수정구에 정신이 팔려 있느라 못 봤을 수도 있지만, 그의 눈에는 확실히 보였다.

테오가 루크를 향해 눈짓하던 모습이.

그 눈빛은 마치 아버지의 칭찬을 바라는 자식 같았다.

그러고 보면 그전에도 둘은 눈빛을 교환했었다.

자신이 기세를 내뿜어 테오를 압도했을 때는 루크가 그를 슬쩍 건들기도 했다.

'그제야 테오가 정신을 차리고 답변을 하기 시작했지.'

거기까지 이르자 일의 진상이 어느 정도 파악이 되었다.

'그래, 이 일의 주동자는 루크로구나.'

자신만이 알아보는 루크의 본모습.

그걸 생각해 보면 충분히 그럴 수도 있었다.

아니, 그럴 것이다.

녀석이 이 일을 계획하고 제 형마저 끌어들였을 테지.

어째서일까.

지금처럼 테오를 정면에 내세우기 위함일 것이다.

그럼 자신은 관심을 피할 수 있을 테니까.

그럼 좀 더 본질적인 의문점이 생겨났다.

'왜 관심을 피하려고 하는 건가?'

보통 그 나이대 아이들은 관심을 받고 싶어 하면 했지, 받기 싫어하진 않는데 말이다.

루크가 워낙 특이하다 보니 거기까지는 알 수 없었다.

어쨌든 확실한 건 자신도 놀랄 만한 이 계획을 세우고 시행한 건 루크라는 점이다.

'뭐 때문인지는 몰라도, 본인이 저렇게 원한다면 나도 일

단은 모른 채를 해 줘야겠지.'

율리안은 그렇게 결정을 내렸다.

"디온의 말대로 테오가 세운 공이 저지른 과보다 크니 상을 주는 것이 마땅하겠군."

"지당하십니다."

"그리 알겠습니다."

디온이 곧바로 수긍했다.

라히츠는 했던 말이 있어 소극적으로 고개를 끄덕였다.

"테오의 공치사에 앞서 일단은 비스크 영지의 운영 방안부터 고민해야겠군."

"그럼 바로 원로회를 소집하겠습니다."

"지금은 속도가 생명이니 원로회는 건너뛰고 실무진부터 모으지. 행정관으로 괜찮은 인원도 추려 주게."

"예!"

디온과 라히츠는 서둘러 밖으로 나갔다.

율리안은 그들이 나간 문을 바라보고 있었다.

그 눈동자에선 묘한 빛이 일렁거렸다.

두 아들의 실종을 알게 된 것부터 느닷없이 생겨 버린 영지까지.

불과 1시간 사이에 벌어진 일들이었다.

그러지 않아도 비전 연구와 슈넬덴의 재건 작업 때문에 눈코 뜰 새 없이 바빴는데, 이제 영지 관리를 위한 방안까지 생각하게 생겼다.

아마 며칠간은 잠을 자지 않는다고 봐야 할 것이다.

그야말로 폭풍같이 밀려드는 업무.

"이거야 원, 아들 녀석 때문에 아비가 일을 쉴 수가 없군."

그렇게 말하는 율리안의 입가엔 정작 옅은 미소가 걸려 있었다.

슈넬덴의 부활을 위해 밤낮없이 일해야 하는 모습.

사실은 이게 율리안이 가장 바라던 자신의 모습이었기 때문이다.

슈넬덴은 지난 200년간 영지와 도시를 빼앗기기만 하였다.

그런 탓에 슈넬덴의 실무진은 새로운 영지를 편입하기 위한 준비를 하는 데에 서투를 수밖에 없었다.

정말 다행인 점은 행정 문서들은 비전들보다 유실이 덜 하다는 것이었다.

슈넬덴은 오랜 세월 북부에서 가장 넓은 영지와 가장 많은 도시를 다스렸던 가문.

그동안 쌓인 행정 노하우들은 비교적 잘 보관되어 있던 것이다.

그것들 덕분에 실무진 회의는 예상보다도 더 빨리 끝나게 되었다.

그리고 다음 날.

슈넬덴은 비스크 영지에 대한 권리를 발표하였다.

슈넬덴의 깜짝 발표에 북부의 다른 가문들은 급히 회동을 가지게 되었다.

물론 그들은 북부의 패권을 두고 경쟁하는 사이였지만, 슈넬덴은 모두의 경계 대상이었기 때문이다.

－이대로 슈넬덴이 비스크 영지를 먹도록 두자는 것이오?

라바흐가의 연락 수정구에서 빛이 나오더니, 이내 가주의 호통이 터져 나왔다.

그는 회의 시작 때부터 줄곧 비스크에서 슈넬덴을 몰아낸 후에 각자 경쟁하자고 주장하고 있었다.

몇몇 가문이 거기에 동의했지만, 정작 주요 가문들의 수정구가 빛을 내지 않았다.

－다들 대체 무엇이 걱정이오?

－크흠……!

－설마 그깟 비스크 영지 하나 무너뜨렸다고 슈넬덴이 부활하기라도 한 것 같소?

－그런 게 아니라…….

－그런 게 아니라면 당장 슈넬덴을 저지하는 데에 동참해 주시오.

라바흐가 워낙 적극적으로 주장하자 다른 가주들은 난감해했다.

그들은 모두 베르너 샤룬의 대답을 기다리고 있었다.

결국 보다 못한 샤룬이 나섰다.

"라바흐 공, 그럴 만한 명분이 없지 않소이까? 비스크 가주가 직접 관리권을 넘겼잖소?"

―언제는 우리가 명분을 따졌소? 그런 걸 따졌다면 애당초 슈넬덴의 시체를 파먹지도 않았겠지.

스텐은 미치고 팔짝 뛸 노릇이었다.

이번 건은 그저 슈넬덴이 작은 영지를 먹는다는 게 다가 아니었다.

슈넬덴이 폭정에 시달리는 영지민들을 구원하기 위해 나섰다.

사람들 사이에서 이 말이 퍼져 나가기라도 한다면?

그럼 그들의 영지민들도 불만을 품을 것이고, 그럴수록 슈넬덴의 힘을 키워 주는 꼴이 된다.

그러니까 무슨 일이 있어도 이를 막아야 했다.

혼자 힘으로는 불가능했다.

슈넬덴의 명분이 강한 만큼 북부의 모든 가문뿐만 아니라, 타 지역의 유력가들의 압박도 있어야 할 터.

이를테면 코넬리오와 같은 유력가 말이다.

북부에서 코넬리오와의 연이 가장 두터운 곳은 샤룬가였다.

그렇기에 다른 곳은 몰라도 샤룬의 동조가 반드시 필요했다.

그런 샤룬이 저렇게 반대를 하고 나오니 답답하지 않을 수가 없었다.

'너흰 200년짜리 빚이 없으니까 그딴 말이 나오지!'

한편 베르너는 그런 스텐을 보며 생각했다.

차용증을 가지고 온 괴인이 누구인지는 아직도 알 수 없었지만, 그자가 슈넬덴의 재건을 계획하고 있다는 것만은 확실했다.

그런 이상 자신은 슈넬덴의 행동에 태클을 걸 수 없었다.

'안 그래도 요즘 골치 아파 죽겠는데, 이까짓 회의는 좀 짧게 하지.'

현재 샤룬가는 코넬리오와의 관계를 유지하면서도 슈넬덴의 눈치를 봐야 하는 상황이다.

가문이 취할 수 있는 이득은 코넬리오 쪽이 컸지만, 가문이 살기 위해서 슈넬덴을 따라야만 했다.

차라리 한쪽을 정하면 좋으련만.

가문의 운명이 걸린 만큼 어느 쪽이든 확실한 곳에 배팅을 해야 했다.

그 확실한 곳을 고르느라 요즘 그는 항상 두통을 달고 살았다.

그런데 스텐 녀석이 수정구에 대고 고래고래 소리를 질러 대는 탓에 머리가 터질 것만 같았다.

-아, 혹시 샤룬은 이미 챙길 건 다 챙겼으니 상관없다는 셈

법이오?

"그건 또 무슨 소리요?"

-요즘 샤룬이 다른 가문에게 거액의 빚을 독촉하고 있다는 풍문을 들었소. 이제 슈넬덴은 다 파먹었으니 이제 우리를 파먹겠다는 거 아니오?

"이보시오, 스텐. 선을 넘지 마시오."

-선을 넘기는. 난 그저 진실을 말했을 뿐이오.

쾅!

베르너는 책상을 강하게 내리쳤다.

"더 말할 것도 없겠군! 샤룬은 비스크 영지를 내버려 둘 것이니 다른 가문들은 알아서 하시오."

-…….

"대신 그 대가는 반드시 치러야 할 것이오!"

샤룬가의 수정구가 그대로 꺼졌다.

그러자 대부분의 가문도 수정구를 꺼 버렸다.

그렇게 라바흐 영주실에 빛을 내는 수정구는 스텐을 비롯해 그의 측근뿐.

이런 인원을 가지고는 항의다운 항의도 할 수 없을 것이다.

"저 빌어먹을 놈."

스텐은 이를 뿌득뿌득 갈았다.

'이것만 완성되면 네놈도 슈넬덴도 모두 끝장내 주지.'

그는 연구 막바지 단계에 접어든 슈넬덴의 비전을 떠올렸다.

한동안 지지부진했었는데, 최근 그 돌파구를 찾은 비전이었다.

이것만 있다면 라바흐는 북부의 패자 경쟁에서 단숨에 치고 나갈 수 있으리라.

그는 그때를 생각하며 지금 치밀어 오르는 분노를 애써 삭였다.

❧

결국 샤룬의 불참 선언으로 북부 가문은 슈넬덴에 항의를 하지 못했다.

덕분에 슈넬덴은 예상보다 쉽게 비스크 영지에 행정관을 파견할 수 있었다.

이로써 비스크 영지에 대한 관리권을 완전히 가지고 오게 된 것이다.

샤룬에게 노던의 관리권을 넘긴 이후, 슈넬덴의 첫 공식 활동.

그렇기에 비스크라는 작은 영지에서 있었던 일은 금방 북부로 퍼져 나갔다.

특히 사람들의 입에 많이 오르내리는 건 비스크를 구원한 구원자에 대한 것이었다.

"들었어? 비스크를 쓰러뜨리고 영지민을 구한 분이 슈넬덴가의 장남이래."

"테오 슈넬덴? 그 사람은 망나니 아니었어?"

"나도 그런 줄 알았는데, 요즘 많이 변하셨다던데?"

"에이, 설마……. 아무리 변해도 그렇지, 어떻게 하루아침에 망나니가 단신으로 한 가문을 쓰러뜨릴 정도의 실력자가 되냐?"

"모르지. 위민단 녀석들이 그렇게 말했다고 하던데."

"위민단이 직접 말한 거면 사실인 건가?"

"그러고 보면 공자님이 어릴 때는 슈넬덴가의 희망이라 불릴 정도로 천재였잖아."

"하긴 그랬던 시절도 있었네. 그럼 철이 들면서 그 잠재력도 함께 꽃피웠나 보군."

"공자님이 정신을 차리셨다면 이제 슈넬덴도 부활하는 거 아니야?"

"그렇겠지. 그럼 노던도 되찾으려나?"

"안 그래도 샤룬 놈들이 하는 짓거리가 마음에 안 들었는데."

"쉿! 누가 들으면 어떡하려고?"

노턴의 길거리를 지나고 있다 보면 이런 대화를 심심찮게 들을 수 있었다.

그리고 그런 대화를 들으며 내심 만족하는 자가 있었으니.

"거기 숨어서 뭐 해?"

"어, 응, 아무것도 아니야."

테오는 갑작스러운 루크의 등장에 화들짝 놀랐다.

"왜 사람들 얘기를 엿듣고 있어."

"그렇게 티 났어?"

"엄청."

"크흠……."

"저런 소문이 어지간히 좋은가 보네."

"그렇게까지는 아닌데."

"아니라는 사람의 표정이 그래?"

"그건……."

테오는 괜히 머쓱해져서 볼을 긁적였다.

그럼에도 입가에서는 여전히 웃음이 새어 나왔다.

"좋긴 하네."

"아버지께서 상으로 내려 주신 검보다도?"

테오는 공식적으로 이번 비스크 영지 건의 최대 공로자가 되었다.

율리안은 가주의 직함으로 테오에게 검 한 자루를 하사했다.

명검의 소리를 들을 정도는 아니었지만, 그래도 아버지께 처음으로 하사받은 검.

그렇기에 테오는 이를 매우 자랑스럽게 생각했다.

그러나 테오는 상보다도 사람들의 반응이 더 좋았던 모양이다.

그는 조심스럽게 고개를 끄덕였다.

"조금."

"조금이야?"

"좀 더 많이."

"의외네. 이렇게까지 좋아할 줄은 몰랐는데."

"나도 몰랐어. 근데 막상 사람들이 저렇게 말하니까 괜히 뿌듯해지고 그러네."

"그게 다 누구 덕분인지 알지?"

"당연하지. 앞으로도 이번 일 같은 게 생기면 끼워 줘."

테오는 양손을 합장하며 부탁했다.

루크는 그런 테오를 보며 흐뭇하게 웃었다.

'이제 정신 교육은 슬슬 마무리해도 되겠어.'

성장에 대한 욕심, 가문을 향한 자긍심, 그리고 사람들로부터의 인정.

모두 테오의 머릿속에 확실히 새겨졌다.

물론 아직 많은 과정이 남아 있긴 했다.

각종 기술이며 코어 분열도 아직 가르치지 못했으니까.

'이제 자격이 되니 그것들은 차차 가르치면 되지.'

테오는 자기도 모르는 사이 루크의 시험에 통과한 것이다.

이젠 좀 더 본격적으로 테오를 가르칠 차례였다.

다음 날.

율리안이 조용히 루크를 불렀다.

'비스크 영지 일을 눈치챈 건가?'

가주로서의 경력을 생각해 보면 충분히 가능성이 있었다.

그럼에도 모든 업무가 다 끝난 후에 조용히 부른다는 건, 이 일을 비공식적으로 처리하겠다는 의미이리라.

루크로서도 나쁘지 않았다.

'율리안이 활약에 대한 보상만큼은 철저하니까.'

그렇지 않아도 그에게 딱 필요한 보상이 있었다.

'그걸 받으면 앞으로 좀 편해지겠지?'

루크는 그렇게 생각하며 본관을 찾았다.

그리고 그의 예상은 딱 들어맞았다.

"비스크가를 쓰러뜨린 계획을 세운 게 정말 테오더냐?"

율리안이 조심스럽게 물어 왔다.

루크는 고개를 끄덕였다.

"그렇습니다. 전 그저 옆에서 도왔을 뿐이죠."

"흐음, 내가 보기엔 그 반대인 것 같다만."

"그럴 리가요. 제겐 아직 그만한 능력이 없습니다."

"정말이냐?"

"그럼요."

루크가 시치미를 잡아뗐지만 그도 알고 있었다.

이 거짓말이 통하지 않을 것이라는 것을.

이는 그저 이 일에 대해 어물쩍 넘기고 싶다는 뜻을 보여 주는 것뿐이었다.

율리안도 이를 눈치챘다.

"그럼 그 일과 상관없는 한 가지만 물어보마."

"네, 아버지."

"넌 사람들에게 관심을 받는 게 싫으냐?"

"아니요, 당연히 좋죠. 세상에 관심을 싫어할 사람이 어디 있겠습니까?"

"하면 어째서……."

"다만 경계하고 있는 것뿐입니다."

율리안의 눈이 동그래졌다.

이런 답변이 나올 줄은 몰랐기 때문이다.

"아버지께서는 제게 재능이 있다 해 주셨지만, 저는 아직 정식 기사도 되지 못한 견습일 뿐입니다."

그 틈에 루크는 준비해 둔 말을 이어 갔다.

"이런 제가 벌써부터 많은 관심을 받게 되면 저도 모르게 스스로를 자만하게 될 겁니다. 지나친 관심은 오히려 독이 되는 법이니까요."

"그래서 관심을 경계한다?"

"그렇습니다. 적어도 스스로에게 떳떳해질 실력이 되기 전까지는 철저히 경계할 생각입니다."

율리안은 속으로 감탄했다.

'실력뿐만 아니라 마음가짐조차 훌륭하구나.'

저 어린 나이에 저런 말을 하는 것조차 어려울 텐데, 루크는 더 나아가 그 말을 실천하기까지 했다.

그야말로 기사다운 말이자 기사다운 행동이었다.

시원하게 모든 걸 말해 준 건 아니었지만, 그래도 가장 중요했던 궁금증은 해결이 되었다.

그것도 아주 만족스러운 쪽으로.

'그래도 이번 일의 진짜 공을 세운 아이에게 이대로 입을 싹 닦을 순 없지.'

짝짝짝.

율리안은 호탕하게 웃으며 박수를 쳤다.

"좋은 자세로다. 내 그 마음가짐을 높이 사 상을 내리고 싶구나."

"감사합니다."

"상으로 무엇을 주면 좋을꼬? 네 형처럼 검을 받고 싶으냐?"

"아닙니다."

"검이 아니라면 상급 비전을 전수받고 싶은 게냐?"

"아뇨, 그것도 괜찮습니다."

루크가 질색하며 대답했다.

계속되는 거절에 율리안은 고민에 빠졌다.

"그럼 네가 직접 말해 보아라. 아비에게 바라는 게 있느냐?"

"뭐든 말해도 괜찮을까요?"

"내가 들어줄 수 있는 거라면 뭐든 들어주마."

"그럼 포상 휴가 좀 주십쇼."

"포상 휴가?"

"네, 포상 휴가."

그건 율리안이 생전 처음으로 들어 보는 부탁이었다.

Chapter 4

    루크가 머리를 다친 이후로 평범과 거리가 멀어졌다는 건 이미 알고 있었다.

    그러나 율리안은 그런 루크에 대한 평가를 정정하기로 했다.

    '평범함과 거리가 먼 정도가 아니라, 아예 상관이 없는 것 같은데.'

    영지 하나를 가져온 공로로 직접 가주가 보상을 물었는데, 나온다는 답변이 고작 휴가라니.

    그로서는 도저히 루크의 대답을 이해할 수 없었다.

    '지금 내 사정을 모르면 이해하지 못하는 것도 당연하지.'

    루크는 율리안의 놀란 얼굴을 보며 생각했다.

어차피 지금 슈넬덴이 자신에게 줄 수 있는 건 없었다.

테오처럼 검을 받겠나?

이미 그에게는 벨무스라는 좋은 검이 있는데.

가보까지 다 팔아넘긴 지금 가문에서 벨무스보다 좋은 검은 찾기 어려울 것이다.

그보다 좋은 검이 필요하다면 그냥 사 버리면 됐다.

무덤에서 가지고 나온 막대한 보물이 있었으니까.

그렇다고 설풍검의 모든 눈송이를 피워낸 그가 고위 비전에 흥미가 당길 리도 없었다.

지금 루크에게 필요한 건 단 한 가지.

'눈치 안 보고 밖을 돌아다니는 거지.'

비스크 영지로 어떻게든 무마하긴 했지만, 아마 이번 일 이후로 무단 외출은 힘들어질 것이다.

청상관을 간다고 해 봐야 토르빈이 믿어 줄 리도 없었다.

이번 무단 외출 사건 이후로, 토르빈은 아예 자는 시간마저 줄이고 직접 보초를 서고 있었다.

물론 토르빈을 무시하고 나갈 수도 있었지만, 그래도 녀석이 너무 딱하지 않은가.

주인으로서 제 집사의 신체적 정신적 건강은 지켜 줘야 했다.

"정말 휴가면 되겠느냐?"

"무릇 기사에게 수련만큼 중요한 게 휴식이지 않겠습니까?"

"그렇긴 하다만……."

자세한 사정을 모르는 율리안은 그냥 아들을 이해하는 걸 포기했다.

"알겠다. 그럼 내 너에게 일주일간 휴가를 주마."

잠깐, 고작 일주일?

일주일을 누구 코에 붙이라고.

당장 래비를 한 번 만나고 오기에도 빠듯한 시간이었다.

그래도 영지 하나를 가져다줬는데 휴가 일주일로 퉁 치려는 건 양아치 마인드가 아닌가.

"아버지."

"그래."

"수련을 땀 흘리며 일하는 낮에 비유한다면 휴가는 휴식을 취하는 밤이겠지요."

"그렇다고 할 수 있겠지. 그런데 그건 어찌 말하는 것이냐?"

"달이 한 번 차고 기우는 것도 한 달이 걸리듯 충분한 휴식의 주기 역시 한 달 아니겠습니까?"

"……."

아들의 궤변에 율리안은 잠깐 할 말을 잃었다.

"일주일은 너무 적습니다. 한 달이면 충분하겠죠."

"한 달씩이나?"

"예, 한 달."

"그럼 한 달간 검을 놓겠다는 의미더냐?"

"제가 그럴 리가 있겠습니까?"

"그럼 넌 한 달 동안 휴가를 받아 무얼 하려고?"

"잘 나눠서 쓰겠습니다."

"……?"

"30일을 적재적소에 잘 배치해 수련에 지장이 가지 않는 선에서 잘 나눠 쓰겠습니다."

"그리도 집 밖에 나가고 싶더냐?"

"검은 스승에게 배우되 사람은 시장에서 배우란 말이 있지 않습니까? 훌륭한 가주가 되기 위해선 사람 경험도 많아야겠죠."

"허허허허! 나도 네 나이 때는 집안이 답답하긴 했었지."

율리안은 그만 웃음을 터뜨리고 말았다.

"그래, 알았다. 까짓것 내 한 달에 한 달을 얹어 두 달을 주마."

"두 달요?"

"그 정도는 받아도 될 공로이지 않더냐?"

"주신다면 감사히 받겠습니다."

루크는 휴가증을 받아 들고는 가주실을 나가 버렸다.

마치 뭔가 바쁜 일이라도 있는 것처럼.

율리안은 그런 아들의 뒷모습을 가만히 바라봤다.

그는 루크에게 휴식을 주고 싶어서 두 달의 휴가를 준 게 아니었다.

'또 저 아이가 무슨 일을 꾸미려고 저러는 걸까?'

테오가 그랬듯, 그 역시 루크의 행동에 묘한 기대감이 느끼고 있었다.

뭔지는 몰라도 그게 곧 슈넬덴에 복을 불러올 것이다.

🌀

다시 며칠 후.

루크는 본가를 나섰다.

이번에는 무단 외출이 아니라 당당하게 휴가증을 제시하고 나왔다.

물론 토르빈에게만 알리고 담장은 훌쩍 뛰어넘긴 했지만.

아직 자신의 행적을 여기저기 알리고 싶지 않았다.

그가 향하고 있는 곳은 비스크 영지였다.

'래비가 비스크에서 장사하고 있다고 했지?'

이제 슬슬 래비의 성과를 확인할 생각이었다.

래비를 만난 후부터 두 달이 채 안 됐으니, 아마 네 배라는 목표치는 이루지 못했을 것이다.

그건 아무리 오르겐의 핏줄이라 해도 불가능한 성과였다.

'처음부터 그냥 가능성만 확인하려는 거였으니까.'

설령 돈을 잃었다고 해도, 자신이 오르겐의 핏줄임을 보여 주기만 했다면 얼마든지 받아 줄 생각이었다.

그러는 사이 그는 비스크에 도착했다.

"백청을 보러 오셨습니까? 백청은 오늘이 가장 저렴합니다! 더 오르기 전에 사세요."

"비스크의 명물 백청이 있습니다! 몇 개 안 남았으니 꼭 가져가세요."

한 영지의 중심 도시답게 상인들의 장사 소리가 가득했다.

특히 비스크의 특산물이자 북부에서 인기가 많은 향신료인 백청을 파는 상점이 많았다.

'관리인이 바뀌어도 사람들 사는 모습은 그대로구나.'

그도 그럴 것이 위에 누가 있는지보다 당장 내일 먹고사는 게 더 걱정인 게 서민의 삶이다.

그래도 달라진 게 있다면 영지민들의 표정이었다.

모두의 입가에 여유로움이 걸려 있었다.

슈넬덴이 영지를 맡으면서 세금 부담이 절반 넘게 줄었기 때문이리라.

이럴 줄 알았으면 테오를 데리고 오는 게 좋았을 거란 생각이 들었다.

그랬다면 녀석도 더 뿌듯함을 느꼈을 텐데.

'어쨌든 래비부터 찾자.'

루크는 비단을 팔고 있던 상인에게 다가갔다.

"비단 사러 오셨습니까? 얼굴에 두른 복면도 비단으로 만들면 더 때깔이 날 겁니다!"

"아니, 비단은 됐고, 난 래비의 상점을 찾고 있소."

그러자 상인의 표정이 확 변해 버렸다.

"당신도 백청을 사러 온 것이오? 저기 모퉁이를 돌면 나오니까 그리 가 보쇼!"

루크 말고도 래비를 찾은 이가 많았던 것일까.

비단 상인은 진저리난다는 듯 말했다.

루크의 입가엔 미소가 그려졌다.

'래비 녀석이 꽤 잘하고 있나 보네.'

역시 오르겐의 피가 어디 가지는 않는 모양이다.

루크는 기대감을 품고 상인 가리킨 방향으로 걸어갔다.

그리고 모퉁이를 돌자마자 보인 풍경은.

"이봐, 래비! 우리의 정을 잊은 건 아니겠지? 백청 좀 넘겨줘."

"내가 이자보다 값을 더 쳐줄 테니 나한테 파시오."

"이 사람이 지금 뭐 하는 거요? 상인이 상도덕이 있어야지!"

"내가 외지에서 온 상인이라고 무시할 땐 언제고, 인제 와서 무슨 상도덕을 바라오?"

그야말로 난장판이었다.

래비의 상점 앞에는 수십 명의 사람들이 모여 있었다.

저마다의 손에는 돈뭉치가 들려 있었다.

그리고 맨 앞에는 래비가 거만한 자세로 그들과 거래를 하고 있었다.

"저게 다 뭐야?"

루크는 무심코 자기 생각을 입 밖으로 내뱉고 말았다.

저 난리 통에서도 루크의 목소리가 들렸던 것일까.

아니면 그저 우연이었을까.

래비의 시선이 이쪽을 향했다.

루크를 확인한 그는 사람들을 향해 외쳤다.

"모두 돌아가 주세요! 오늘 장사는 여기서 끝입니다."

"그게 무슨 소리야? 내가 여기서 얼마나 기다렸는데!"

"나는 어제부터 와서 기다리고 있었다고!"

상인들은 볼멘소리를 내기 시작했다.

"아무튼 오늘은 안 됩니다. 죽어도 안 돼요. 다들 내일 다시 뵙죠."

하지만 래비는 단호하게 그들을 모두 떨쳐 냈다.

그러고는 얼른 루크에게 달려왔다.

"오랜만이야."

"일단 자리를 옮기시겠습니까?"

"그러지."

그들은 래비의 상점 안으로 들어갔다.

상점 안에는 조금 전 사람들이 애타게 찾던 백청이 잔뜩 쌓여 있었다.

'비스크의 백청은 얘가 다 가지고 있나?'

루크가 궁금해하고 있을 때, 래비가 먼저 인사를 올렸다.

"그렇지 않아도 며칠 안에 찾아뵈려 했었는데. 괜히 여기까지 걸음하게 해서 죄송합니다."

상인들 앞에서는 그렇게 거만하던 녀석이 갑자기 루크 앞에선 공손해졌다.

"생각했던 것보다 사업 수완이 더 좋네."

"다 공자님 덕분입니다."

"며칠 안에 날 보려 했다는 건 목표치를 다 이루었다는 건가?"

"전 한 입으로 두말 안 합니다."

래비는 금고를 열더니 주머니를 꺼냈다.

꽤 묵직한 주머니 안은 보석으로 가득 차 있었다.

"제게 주셨던 흑철광석의 가치의 네 배입니다."

솔직히 루크는 많이 놀랐다.

설마 진짜로 그걸 네 배로 불릴 줄은 몰랐다.

이건 200년 전의 오르겐 씨도 해내지 못한 일이었다.

루크로선 그 방법을 가늠조차 할 수 없었다.

"정말 네 배를 만들어 버릴 줄이야, 어떻게 했는지 물어봐도 돼?"

"운이 좋았습니다."

"행운의 여신이라도 만난 거야?"

"비슷한 걸 만났죠. 혹시 블루 구스에 대해서 아십니까?"

"설산에 사는 새잖아."

"맞습니다. 아주 먹성이 좋은 녀석들이죠."

블루 구스는 설산에 겨울이 다가와 먹이를 구할 수 없게 되면 떼를 지어 남쪽으로 내려간다.

녀석들이 지나간 자리엔 식물이 남아나지 않을 정도로 먹성이 좋았다.

"원래는 늦가을부터 한둘씩 보이기 시작해서 겨울이 되면 떼로 모여드는데, 올해는 훨씬 일찍부터 녀석들이 보이기 시작하더군요."

"처음 들어 보는 경우인데."

200년 전에도 녀석들은 항상 겨울을 알리는 새였다.

오죽하면 녀석들의 별명이 겨울새였겠는가.

"그렇죠. 제 평생 처음 보는 경우입니다. 그래서 저는 그걸 보자마자 생각했습니다."

그때를 떠올린 래비가 비릿한 미소를 지었다.

"이거 백청도 남아나지 않겠구나, 그럼 올해 백청 가격이 폭등하겠구나, 하고요."

"녀석들이 백청도 먹었던가?"

"녀석들이 안 먹는 건 없습니다. 그놈들이 오는 시기가 백청을 다 수확한 이후이다 보니, 보통 사람들은 잘 모르는 것뿐이죠."

"그래서 네가 그걸 미리 사 모았다?"

"바로 그겁니다! 저는 바로 농가를 찾아가 수확도 안 된 백청을 미리 계약했습니다. 일단 선금부터 두둑이 주니 농부들도 바로 계약을 맺더군요."

"그러고는?"

"그리고 수확 철이 되자 예상대로 녀석들이 백청을 다 먹어 버렸고, 다음 상황은 공자님께서 보신 그대로죠."

래비는 어깨를 으쓱했다.

그의 활약을 들은 루크는 속으로 감탄했다.

늦여름 등장한 블루 구스를 보고 단번에 백청의 가격이 오르는 것까지 연결한 통찰력 때문에?

아니면 물건의 값이 폭등할 걸 예상하고 미리 구매 계약을 맺은 기발한 아이디어 때문에?

둘 다 맞긴 했지만, 보다 결정적인 게 있었다.

"내 돈을 가지고 그런 모험적인 수를 쓰다니, 조금 더 안전한 방법도 있었을 텐데?"

"평범한 방법으로는 벽을 뛰어넘을 수 없다."

래비는 비장한 목소리로 대답했다.

"슈넬덴의 가훈이라 들었습니다. 제가 공자님의 돈을 안전하게 굴렸다면, 딱 그만큼만 저를 인정하셨겠지요."

"그랬겠지."

래비가 그런 방법을 썼다면 그냥 싹수가 보인다…… 딱 그 정도로만 봤을 것이다.

하지만 이번 건으로 루크는 래비의 능력을 완전히 인정하게 되었다.

어쩌면 래비는 제 선조보다 더 뛰어난 상인일 수도 있다고 생각했다.

"공자님, 저는 약속드린 대로 제게 주신 돈을 네 배로 불려 왔습니다. 그리고 이것 외에도 돈을 벌 방법은 얼마든지 머릿속에 있습니다."

"그래서, 내게 뭘 원하지?"

래비는 루크를 향해 고개를 숙였다.

"공자님의 재산 전부를 제게 맡겨 주십시오. 제가 반드시 수십 배 이상으로 불려 드리겠습니다."

상점에는 정적이 흘렀다.

꿀꺽.

래비가 침 삼키는 소리마저 들릴 정도로 고요했다.

잠깐의 정적 후, 루크가 입을 열었다.

"안 돼."

"그럼 제대로 불려 놓······. 예?"

래비는 그날 느꼈다.

이 사람은 정말 종잡을 수가 없구나.

"어째서입니까?"

래비가 울상이 돼서 되물었다.

"제 능력은 공자님께서도 직접 확인하셨지 않습니까?"

"생각해 봐. 너 같으면 만난 지 세 달밖에 안 된 사람에게 전 재산을 맡길 수 있겠어?"

"어……."

"할 수 있겠냐고."

"아니요."

아마 래비가 아니라 누구에게 묻더라도 똑같은 대답을 했을 것이다.

하지만 그러면서도 래비는 마음 한구석이 서운해졌다.

'그래도 슈넬덴과 오르겐의 관계가 있는데.'

비록 지난 200년간 잊혔다고는 해도, 그보다도 훨씬 오래전부터 오르겐은 슈넬덴을 모셨다.

그런 관계를 생각한다면 그렇게까지 자신을 경계할 필요는 없지 않은가.

'하긴 내가 할 소리는 아니지.'

먼저 슈넬덴과 오르겐의 관계를 없던 걸로 하자고 한 건 자신이었으니까.

이제 와서 둘의 관계를 들먹이는 것도 우스웠다.

"그래도 네 능력만큼은 확실하게 봤어. 내가 기대했던 것 이상이었고."

루크가 한창 실망하고 있던 래비를 향해 말했다.

"이전보다 좀 더 확신은 생겼으니 거기에 맞게 거래 조건을 바꿔 볼까?"

"예? 그 말씀은?"

"투자액을 기존 계약보다 배로 늘릴게. 그 정도면 네가 무슨 사업을 하든 충분하겠지?"

"물론입니다!"

루크의 전 재산을 받지 못한다는 것은 여전히 아쉬웠지만, 지금 정도로도 충분했다.

아니, 충분한 게 아니라 차고 넘쳤다.

아마 이 정도의 종자돈으로 사업을 시작할 수 있는 상단은 대륙에서도 손꼽힐 것이다.

그리고 이렇게 계속 성과를 보여 주다 보면, 언젠가는 루크에게 100%의 신뢰감을 줄 수 있으리라.

그럼 오르겐도 예전의 명성을 되찾게 될 테고.

래비는 의욕을 불태웠다.

"그럼 앞으로도 잘 부탁할게."

"공자님께 충성을 다하겠습니다."

"그리고 앞으로 수입금 일부는 슈넬덴에 기부해 줘. 물론 내 이름은 언급하지 말고."

"비밀리에 하란 말씀이십니까?"

"응."

래비는 그 말을 이해할 수 없었다.

지금 슈넬덴의 상황을 생각해 보면, 오르겐 상단의 지원은 큰 도움이 될 것이다.

당연히 오르겐 상단을 부활시켜 준 루크의 공은 이루 말할 수 없을 터.

이 모든 게 루크의 성과일 텐데 그걸 굳이 숨기겠다니.

그 의도를 도저히 가늠할 수가 없었다.

그러나 래비는 굳이 거기에 대해 되묻지 않았다.

'나는 슈넬덴이 아니라 공자님과 거래하는 거니까.'

오르겐 상단의 최대 주주가 그렇게 하고 싶다고 한다.

그럼 자신은 토를 달지 않고 그대로 해 주기만 하면 됐다.

굳이 어려운 부탁도 아니지 않은가.

"예, 알겠습니다. 조만간 슈넬덴에 들러 지원 계약을 맺겠습니다."

"좋아. 그리고 연락 수정구 하나만 구해 줘. 성능 좋은 거로."

"보고받으실 때 쓰실 거라면 여기 있습니다. 이러실 줄 알고 미리 구해 뒀죠."

래비는 얼른 수정구 하나를 꺼냈다.

척 보기에도 고급스러운 수정구였다.

"이거면 남부에서도 연락이 가능할 겁니다."

"굳이 이렇게나 좋은 건 필요 없는데."

"하하, 앞으로 사업을 키우려면 북부를 넘어 여러 지역을 돌아다녀야 하지 않겠습니까? 바로바로 보고를 드리려면 이 정도는 돼야지요."

"벌써 거기까지 생각해 뒀어?"

"공자님께서 투자액을 늘려 주신 덕분에 돈 벌 방법이 수십 가지는 더 생각났습니다."

래비는 밝게 웃었다.

이보다 티 없는 미소가 또 있을까.

돈에 대한 래비의 집착은 그만큼이나 순수했다.

'앞으로도 걱정할 필요는 없겠네.'

이로써 밀려들어 오는 돈을 믿고 맡길 만한 관리인을 찾은 것 같았다.

래비를 만나고 돌아가는 루크의 표정은 밝아 보였다.

'이 정도면 홀로 설 수 있겠지?'

비스크 영지에서 거둬들이는 수입에 오르겐 상단의 지원금까지.

이 정도면 슈넬덴이 코넬리오의 지원금을 받지 않더라도 충분히 가문을 운영할 수 있을 것이다.

'그렇게 되면 코넬리오 놈들이 우리 집안에 발 들이는 꼴은 안 봐도 되겠네.'

듣기로는 이번 달 안에 코넬리오의 지원단이 출발한다고 했다.

'망루 확보를 도와주러 온다고?'

가당치도 않았다.

그놈들의 속이야 뻔했다.

이곳에 아예 눌러 앉아 버릴 테지.

만약 자신이 그 꼴을 봤다면 정말 눈이 돌아가 버렸을지도 몰랐다.

어쩌면 그냥 예전의 힘을 되찾을 때까지 폐관 수련장에 틀어박혔을 수도 있었다.

그러나 적어도 이제는 그런 걱정을 하지 않아도 될 것이다.

슈넬덴은 망루 확보를 할 수 있는 실력을 갖췄고, 코넬리오의 지원금을 받지 않아도 될 자금력도 확보했으니까.

이제 코넬리오의 눈치를 보지 않아도 될 정도로 커졌다.

아마 율리안의 성격상 래비를 만난 직후 곧장 지원 요청을 철회할 것이다.

'드디어 코넬리오에게 한 방 먹이겠네.'

환생을 한 후 다 쓰러져 가는 가문 탓에 많은 일을 처리해 왔지만, 단 한순간도 멀빈과 코넬리오에 대한 복수심을 잊은 적이 없었다.

이렇게라도 한 방 먹일 수 있다고 생각하니 복수심이 아주 조금이나마 풀리는 기분이었다.

'코넬리오도 가만있지는 않겠지?'

코넬리오가 어떤 놈인지는 루크가 가장 잘 알고 있었다.

지금까지야 슈넬덴이 최대한 조심스럽게 움직여서 티가

나지 않았지만, 지원 요청 철회는 이야기가 달랐다.

이는 슈넬덴이 코넬리오로부터 독립한다는 의미.

당연히 그놈들은 슈넬덴의 갑작스러운 변화를 그냥 지나치지 않을 것이다.

수단과 방법을 가리지 않고 슈넬덴을 조사하려고 하겠지.

그럼 루크의 정체가 발각될 소지가 있었다.

물론 지금껏 그걸 방지하기 위해 많은 노력을 들이긴 했지만, 만일이라는 게 있지 않은가.

'차라리 이쪽에서 필요한 정보만 넘기고 통제하는 쪽이 좋겠어.'

그러려면 코넬리오보다 먼저 손을 써 둬야 했다.

그놈들이 슈넬덴에 대해서 조사한다면, 과연 누구에게 맡길까?

생각할 수 있는 건 한 곳뿐이었다.

대외적으로 슈넬덴에 가장 큰 영향력을 미칠 수 있는 곳.

그러면서도 동시에 자신들에게는 간이고 쓸개고 다 빼줄 것처럼 구는 가문, 바로 샤룬가였다.

자신도 이를 예상하였기에, 샤룬에게 굳이 차용증을 찢어가며 거래를 제안한 게 아니었던가.

'그러고 보니 조만간 이번 달 상환일이 되지?'

루크의 다음 목적지가 정해졌다.

노던 관청.

베르너가 부하들로부터 보고를 듣고 있었다.

"그 상단에 대해서 알아보라고 한 건 어떻게 됐나?"

베르너가 묻자, 부관은 자신 없는 표정으로 입을 열었다.

"예, 오르겐은 2달 전부터 백청 사전 구입 계약을 맺고 다녔다고 합니다."

"안목도 좋은 데다가 배짱도 있군. 그런데 촌구석에 작은 상점에 어떻게 그렇게 큰돈이 있었지?"

"죄송합니다. 거기까지는 아직 알아내지 못했습니다."

베르너는 인상을 팍 구기더니 부관의 정강이를 걷어차 버렸다.

"크헉."

"내가 그걸 알아보라고 조사를 시킨 거잖아!"

"죄, 죄송합니다."

"북부에서 장사하면서 건방지게 나한테 인사도 오지 않는 놈을 손봐 줘야 하지 않겠나?"

"지당하십니다."

"그럼 당장 가서 자금줄을 알아 와. 그래야 내가 건드려도 되는 놈인지 아닌지 견적이 나오지!"

"예!"

부관은 정강이를 부여잡으며 밖으로 나갔다.

"후, 이놈이고 저놈이고 대가리가 제대로 된 놈이 없군."

베르너는 아직도 화가 식지 않았다.

그의 신경이 이토록 날카로운 이유가 있었다.

바로 복면의 괴인에게 돈을 갚을 날짜가 다가왔기 때문.

'조금 있으면 이곳에 녀석이 나타날 텐데.'

아무리 경비를 대기시켜놔도 소용없었다.

녀석은 언제나 귀신처럼 나타났다.

바로 지금처럼.

"오랜만이야."

"쿨럭! 어, 언제 들어왔는가?"

"네가 인상을 구긴 채 구시렁거리고 있을 때부터?"

"크흠!"

그는 헛기침을 하고는 책상에서 종이 뭉치를 꺼냈다.

"이건 이번 달에 다른 가문들로부터 거둬들인 돈이네."

루크는 그 종이를 받아 들었다.

놀랍게도 그 큰돈을 모조리 거둬들였다.

솔직히 말하면 몇몇 가문으로부터는 돈을 걷지 못할 거라
생각했다.

갑자기 이렇게 큰돈을 요구하면 배 째라고 드러눕는 녀석
들도 나올 테니까.

그러나 이 녀석은 어떻게 한 건지, 몇 달 동안 한 푼도 빠

짐없이 모두 챙겨 왔다.

대체 어떻게 사람을 갈구기에 이렇게까지 짜낼 수 있는 걸까.

'이건 좀 배우고 싶은데?'

루크는 채무자들의 눈물 젖은 증서 중 반을 다시 건네주었다.

"앞으로 이만큼은 다른 곳으로 보내 줘."

"다른 곳이라니? 설마 우리 계약을 다른 사람에게 팔아넘긴 건 아니겠지?"

베르너가 깜짝 놀라며 물었다.

행여나 이 계약이 다른 곳에 알려진다면, 자신은 물론이고 샤룬의 미래도 없어지기 때문이었다.

"돈의 출처는 안 밝혔으니까 안심해."

"휴, 그럼 어디로 보내면 되겠는가?"

"비스크에 있는 오르겐 상단."

"오르겐 상단이라면…… 백청을 독점하고 있는 그 상단?"

"돈놀이를 해서 그런가, 정보가 빠르긴 하네."

"혹시 그곳과의 관계가 어떻게 되지?"

"글쎄, 굳이 말하자면 최대 투자자?"

'오르겐의 자금줄이 저자였다니!'

만약 그것도 모르고 자신이 오르겐을 건드렸다면?

생각만 해도 척추가 떨려 왔다.

'그럼 설마 비스크 영지 건도 저자의 소행이었을까?'

그럴 가능성이 컸다.

만약 위민단이 있었다면 오르겐도 저렇게까지 급성장할 수는 없었을 테니까.

슈넬덴이 공식적인 밝힌 바에 따르면, 비스크를 영지에서 쫓아낸 이는 테오 슈넬덴이었다.

'저자의 정체가 테오일 수도 있겠군.'

하지만 무엇 하나 확신할 수 없었다.

자신이 본 테오는 절대 저런 실력자가 아니었으니까.

저자가 배후에서 조종하면서 테오를 전면에 내세웠을 가능성도 얼마든지 있었다.

한 가지 확실한 건 이로써 슈넬덴의 세력은 더욱 커졌다는 것.

이대로라면 금방 슈넬덴이 예전의 모습을 되찾을 수도 있을 것 같았다.

"무슨 생각을 그렇게 해?"

"아, 아무것도 아닐세."

"내가 한 말은 알아들었지?"

"알겠네. 이 돈들은 바로 오르겐에 보내도록 하지."

"그리고 오르겐이 노던에서도 장사 잘할 수 있도록 도움도 좀 주고."

"물론이네."

대답은 하고 있었지만, 베르너의 머릿속은 다른 생각으로 바쁘게 돌아가고 있었다.

슈넬덴이 정말 부활하기 시작한 것일까?

그렇다면 자신은 어떻게 해야 할까?

온갖 생각들이 머릿속에 맴돌았다.

그리고 루크 역시 그걸 눈치챘다.

"아직도 코넬리오랑 연락하고 있지?"

"다른 가문들에게 추심하기 위해서 어쩔 수 없이 그러고 있네."

"조만간 그쪽에서 슈넬덴에 대해 알아보라고 할 거야."

"슈넬덴의 행동이 워낙 이례적이니 그럴 테지."

그렇지 않아도 언제 코넬리오의 연락이 올까, 그리고 연락이 오면 뭐라고 해야 할까 걱정하던 참이었다.

"연락이 오면 나한테도 알려 줘."

"……."

베르너는 바로 대답할 수 없었다.

지금도 반쯤 슈넬덴에 발을 걸치고 있었지만, 이건 이야기가 완전히 달랐다.

자신이 여기서 저 제안을 받아들인다면, 이제는 가문의 운명은 슈넬덴에 완전히 맡긴다는 의미였다.

그가 고민하고 있을 때, 루크는 짧고 굵게 딱 한마디만 했다.

"누가 네 목숨 줄을 잡고 있는지 잘 기억해. 그리고 나중에는 누가 승리할지도."

그러고는 나타났던 때처럼 아무도 모르게 사라져 버렸다.

그자는 사라졌으나 베르너의 머릿속엔 여전히 그자가 했던 말이 떠다녔다.

'……답은 정해진 것 같군.'

그가 고민을 끝냈을 때는 해가 뜬 이후였다.

'이렇게 된 거 슈넬덴 쪽을 따르는 수밖에.'

샤룬이 새로운 도전을 해야 할 때였다.

'여기도 오랜만이네.'

래비는 자신 앞에 서 있는 커다란 철문을 보며 생각했다.

십여 년 전.

이곳에서 아빠를 살려 달라고 떼를 쓰던 자신의 모습이 떠올랐다.

그때만 하더라도 이곳으로 돌아올 일은 절대 없을 거라고 생각했었는데.

만약 루크를 만나지 않았더라면 정말 그럴 일은 없었을 것이다.

'공자님께서 해 주신 게 얼마인데, 시키신다면 뭐든 해야지.'

"누구시오?"

문지기가 다가오며 물었다.

"오르겐 상단의 단주 래비 오르겐입니다."

"오르겐 상단의 단주? 당신이?"

문지기는 믿지 못하는 것 같았다.

하기야 고작해야 10대 후반의 소년이 다가와 단주라고 하면, 자기도 쉽게 믿지는 못할 것이다.

"슈넬덴가에는 어쩐 일로 오셨소?"

그나마 듣지도 않고 문전박대 하지는 않는 게 다행이었다.

"슈넬덴과 거래하고 싶어서 왔습니다. 이 편지를 가주님께 전해 주시겠습니까?"

"가주님은 그렇게 한가하신 분이 아니……."

"이것도 함께."

래비가 그와 함께 금화가 가득 든 주머니를 꺼내자, 문지기도 입을 다물었다.

그는 지금 이 상황이 자신의 선에서 해결할 문제가 아니라는 걸 눈치챘다.

"잠깐만 기다려 주시오."

"천천히 하셔도 됩니다."

문지기는 편지를 가지고 들어가더니, 머지않아 후다닥 달려 나왔다.

"무례를 용서하십시오."

"무례는 무슨. 아닙니다."

"당장 가주님께 모시겠습니다."

십여 년 전에는 그토록 굳게 닫혀 있던 철문이 오늘은 너무나 쉽게 열렸다.

래비와 율리안이 마주 앉아 있었다.

그들 사이에 놓인 찻잔에서는 여전히 김이 솔솔 풍겼다.

아직 끓인 차가 식기도 전.

래비는 벌써 자신의 제안을 모두 말했다.

"제 제안이 어떠신지요?"

"매달 후원금을 보내 주되 그걸 비전 연구와 기사들의 수련에만 쓰라니, 슈넬덴에는 더할 나위 없이 좋은 제안이오."

좋은 제안 수준이 아니었다.

비스크 영지에서 들어오는 수입에 후원금까지 더한다면, 빠듯하긴 해도 코넬리오의 지원금 없이 생활이 가능할 테니까.

슈넬덴에게는 구원과도 같은 제안이었다.

'그런데 왜 이렇게 좋은 제안을 하는 거지?'

오르겐 상단에 대해서는 이미 알고 있었다.

최근 비스크 영지에 대한 보고를 받을 때 자주 등장한 이름이었기 때문이다.

백청을 독점하며 단숨에 비스크 최고의 상단으로 뛰어오른 곳.

그런 곳의 단주가 어째서 슈넬덴에 호의를 베푼단 말인가.

"어째서 슈넬덴을 후원하기로 했는지 물어봐도 되겠소?"

"어째서라니. 가주님께서는 슈넬덴과 오르겐의 관계를 잊으셨나 봅니다."

"관계라 함은……?"

"저를 알아보지 못하시겠습니까?"

율리안은 뭔가 생각난 듯 무릎을 쳤다.

그러고 보니 10여 년 전, 매주 정문 앞에 찾아와 자신들을 기억해 달라던 아이가 있었다.

'그 아이의 이름이 아마 오르겐이었지?'

갑자기 부끄러워졌다.

자신들은 그 아이에게 아무것도 해 줄 수 없었는데, 그 아이가 자라서 이렇게 큰 도움을 주다니.

"면목이 없소. 그때의 어린아이가 단주였다니……. 염치없지만 슈넬덴과 오르겐의 관계를 다시 한번 알려 줄 수 있겠소?"

"괜찮습니다. 사실 그 관계는 이제 그리 중요한 건 아닙니다."

래비는 빙그레 웃었다.

"사실 저는 과거의 슈넬덴이나 지금의 슈넬덴에는 관심이 없습니다."

율리안의 입꼬리가 살짝 굳었다.

슈넬덴에 관심도 없는 자가 뭐 하러 거액의 후원금까지 보낸다는 것인가.

"하지만 미래의 슈넬덴은 다를 거라는 확신이 있습니다."

"무언가를 봤나 보구려."

"봤지요, 슈넬덴의 찬란한 영광을 되찾아 줄 희망을. 저는 상인으로서 거기에 투자하려는 것입니다."

"……그럼 그 희망은 무엇이오?"

율리안의 질문에 래비는 고개를 숙였다.

마음 같아선 지금이라도 당장 그 희망이 무엇인지 알려 주고 싶었다.

하지만 눈치를 보아 루크는 자신의 이름이 언급되기를 바라지 않았다.

"죄송합니다만 그건 알려 드릴 수 없습니다. 정보라는 건 널리 퍼질수록 가치가 떨어지는 법 아니겠습니까?"

"아쉽소. 슈넬덴의 희망이라면 나 역시 알면 좋을 텐데."

"좌중 속에 홀로 서 있는 자는 눈에 띌 수밖에 없지요. 가주님의 눈에도 분명 들어올 겁니다."

거짓말이 아니었다.

루크 정도 되는 인물이라면 아무리 숨으려 해도 티가 날 것이다.

어쩌면 가주도 이미 봤을지도 몰랐다.

"허허, 나도 그러길 빌어 보겠소."

"그럼 이로써 슈넬덴과 오르겐의 거래는 성사된 걸로 보면 되겠죠?"

"고맙소. 단주의 후원금은 내 절대 허투루 쓰지 않으리다."

"걱정하지 않겠습니다."

래비는 자리에서 일어났다.

이 정도면 루크가 지시한 사항을 모두 수행했다.

나머지는 루크가 알아서 하겠지.

래비는 그렇게 생각하며 슈넬덴 본가를 나섰다.

이번에는 과거처럼 문전박대가 아니라, 슈넬덴 기사의 에스코트를 받으면서.

한편 래비가 돌아가고 집무실에 홀로 남은 율리안은 생각에 잠겼다.

'슈넬덴의 미래를 보고 투자한다라……'

그가 본 슈넬덴의 희망은 무엇이었을까.

그때 한 사람이 율리안의 머릿속을 스치고 지나갔다.

'혹시 그 아이가 또?'

루크 슈넬덴.

비스크 영지 건도 루크가 기획한 거였으니, 그 과정을 단주도 본 것이 아닐까.

확실하지는 않았다.

루크는 관심을 받는 걸 극도로 꺼리고 있었으니, 아무에게 나 정체를 드러내지 않을 것이니까.

그렇다고 직접 물어본다고 해서 대답해 주지도 않겠지.

제 아들이지만 여러모로 어려운 녀석이었다.

테오 정도만 되어도 쉬웠을 텐데.

'어쨌든 이 시점에서 정기적인 후원금은 반가울 수밖에 없다.'

율리안은 후원 계약서를 다시 살펴보았다.

어떻게 오르겐에 이렇게 큰돈이 있는지는 모른다.

아무리 급성장했다고 해도, 한창 크고 있는 상단에 누굴 후원할 만큼의 현금이 계속 있기는 힘들 터였다.

래비도 그걸 알았는지 래비도 일단 반년 치의 후원금을 선불로 주고 갔다.

방법은 모르겠지만 앞으로도 이 정도 금액이 지속적으로 들어온다면?

슈넬덴이 코넬리오로부터 독립하는 데 큰 도움이 되리라.

"디온, 밖에 있는가?"

"예, 가주님."

"원로원과 수석 기사들을 모두 불러 주게."

"예? 큰 발표라도 있는 것입니까?"

"망루 확보 작전을 진행하려 하네."

"하지만 아직 코넬리오의 지원군이 출발하지도 않지 않습니까?"

"그러니까."

율리안이 빙긋 웃으면서 대답했다.

그 미소를 보자 디온도 비로소 말뜻을 이해할 것 같았다.

"가주님, 설마……."

"그러하네. 이번 망루 확보는 슈넬덴이 단독으로 진행할 걸세. 당장 코넬리오에 보낼 서신도 준비하게."

이젠 슈넬덴이 코넬리오를 떨쳐 내도 될 때였다.

🕷

모튼 코넬리오.

그는 코넬리오 지원단의 북부지부장이었다.

말이 지원단 지부장이지, 그가 하는 일은 북방 가문들의 행태를 살피고 관리하는 것.

그리고 여차하면 북방 가문을 코넬리오가 집어삼키도록 하는 것까지이다.

특히 그의 주요 관리 대상은 슈넬덴이었다.

지금은 몰락했다지만, 북방 사람들의 의식 속에 슈넬덴은 여전히 맹주였으니까.

슈넬덴이 다시 살아나지 못하도록 철저히 짓밟은 후, 본가에
종속되도록 만들어라.

　　본가에서 하달된 거의 유일한 지침이었다.

　　그래서 그는 샤룬을 필두로 주요 가문들을 이용해 슈넬덴
을 억제해 왔다.

　　그런데 요즘 슈넬덴의 분위기가 심상치 않았다.

　　매번 이맘때쯤 자금 부족에 시달릴 텐데 그에 대한 말이
전혀 없질 않나, 다른 가문들이 눈을 시퍼렇게 뜨고 있는데
도 비스크 영지를 차지하질 않나…….

　　상황이 이렇다 보니 본가에 보고를 올릴 때 눈치가 이만저
만 보이는 게 아니었다.

　　'도대체 이놈들은 무슨 꿍꿍이가 있는 거지?'

　　불안감이 들긴 했지만, 뭐 상관은 없었다.

　　어차피 슈넬덴은 자금으로나 병력으로나 코넬리오에게 종
속된 상태. 자신이 직접 주의를 준다면 또 언제 그랬냐는 듯
몸을 납작 엎드릴 테지.

　　'조만간 파병 건으로 트집 잡아서 그놈들을 한 번 찾아야
겠어.'

　　거기서 율리안에게 온갖 굴욕을 주고 나면 마음이 좀 편해
지리라.

　　모튼이 그렇게 생각하고 있을 때였다.

똑똑똑.

"지부장님, 보고드릴 게 있습니다. 잠시 들어가도 되겠습니까?"

"어허, 찬물에도 위아래가 있듯 보고에도 절차라는 게 있을 지인데, 어찌 이리 무턱대고 찾아오는가?"

모튼은 짐짓 근엄한 목소리로 대답했다.

"죄송합니다. 무척 급한 사안이오라……."

"내 이번만은 너그럽게 넘어가지. 보고하도록."

"슈넬덴에서 병력 지원 요청을 철회했습니다."

"뭣이?"

"이걸 좀 보시겠습니까?"

모튼은 부관이 내민 서신을 확인했다.

글을 읽을수록 모튼의 표정이 굳어 갔다.

북, 북, 북!

결국 그는 그 서신을 갈기갈기 찢어 버렸다.

"당장 나갈 채비를 하여라. 내 직접 슈넬덴 가주를 만나 주의를 줘야겠구나."

그런 모튼의 입가에는 일말의 불안함이 자리하고 있었다.

아침부터 슈넬덴이 떠들썩했다.

어디선가 본 적이 있는 듯한 광경.

불과 몇 달 전, 코넬리오의 지원단이 슈넬덴을 찾아올 때 봤던 광경과 비슷했다.

'이렇게 빨리 올 수 있는 거였어?'

루크는 어이가 없었다.

슈넬덴에서 코넬리오에게 연락을 취한 지 고작 며칠.

저 화려한 장식이 되어 있는 마차가 벌써 슈넬덴 산을 오르고 있었다.

'그때는 세월아, 네월아, 하며 오더니.'

루크는 고소해 죽겠다는 표정을 지었다.

슈넬덴이 갑자기 병력 지원 요청을 철회했더니, 저놈들이 저렇게 부리나케 달려온 것이다.

모튼이 원래 북부 가문을 관리하는 자였고 마침 근처에 나와 있었다고는 하지만, 평소 같았으면 노던에 있었더라도 노닥거렸을 테지.

'이제 급한 건 너희니까.'

슈넬덴 쪽도 예전과 달리 느긋했다.

당장 가주인 율리안도 본관에서 대기하고 자신이 마중을 나와 있지 않은가.

여전히 방계의 방문에 직계인 자신이 나온 게 마음에 들지는 않았지만, 예전을 생각하면 이 정도로도 감개가 무량했다.

철컹.

쿠우우웅-!

이제는 기름칠이 잘되어 있는지 정문이 부드럽게 열렸다.

그 틈으로 모튼이 타고 있던 마차가 미끄러져 들어왔다.

루크가 그 앞으로 다가갔다.

"여기까지 오느라 고생하셨습니다."

"루크 이공자……? 가주는 어디 가고 이공자가 나온 것이오? 하다못해 일공자도 아니고."

모튼의 얼굴이 우락부락해졌다.

그래도 직계가 마중을 나왔는데, 이 녀석이 말하는 꼴을 보라.

얼마나 슈넬덴을 무시했으면 면전에 대고 저런 반응이 나온단 말인가?

'하지만 네가 어쩔 거야?'

상황이 바뀌면 대우도 달라지는 법.

루크가 환생하자마자 가장 절실히 느꼈던 것이었다.

"가주님은 안에서 기다리고 계십니다. 제가 안내해 드리죠."

"크흠, 알겠소."

모튼은 하고 싶은 말이 많아 보였다.

그러나 지금은 이깟 예의보다 조속히 처리해야 할 일이 있었다.

"얼른 가주를 봐야겠소."

"가주님께서 어디 도망이라도 간답니까? 안에 잘만 계시는데."

"이공자, 못 본 사이 일공자와 가깝게 지냈나 보오?"

왜 이렇게 무례해졌냐는 말을 굳이 저렇게 돌려 가며 할 필요가 있을까.

루크는 고개를 절레절레 저었다.

그러는 사이 그들은 본관에 도착했다.

"안으로 드시죠."

"크흠."

모튼이 불편한 듯 헛기침을 하고는 본관으로 들어갔다.

저 거들먹대는 발걸음을 보니 저 녀석은 아직도 상황 파악이 안 되는 모양이다.

"무척이나 일찍 왔구려, 모튼 공."

그런 그의 착각을 깨부숴 줄 사람이 나타났다.

"노던의 풍류를 느끼며 차를 마시고 시라도 좀 쓰다 오지 그러셨소?"

율리안이 느긋한 모습으로 그를 맞이해 주었다.

본관 응접실.

후루룹.

두 진영이 마주 보고 있는 가운데, 차 마시는 소리만 들려왔다.

모튼은 여유롭게 차를 마시고 있는 율리안을 쳐다보았다.

'자신감이 넘치는군.'

이어서 그는 옆으로 시선을 옮겼다.

일공자와 이공자의 얼굴에도 여유가 가득했다.

마치 자신들이 이 자리에서 더 높은 사람이라도 되는 것처럼.

'이것들이 단체로 미쳤나.'

모튼은 속으로 욕을 내질렀다.

저자들은 자신을 보기만 해도 납작 엎드리던 자들.

그런데 무슨 바람이 불었기에 저토록 자신감이 넘친단 말인가.

"말해 보시겠소?"

먼저 침묵을 깬 건 율리안이었다.

"하고 싶은 말이 무엇인데 차향 속에서 설풍을 느끼지도 않고 이리 급히 찾아온 것이오?"

"가주께서는 진정 몰라서 이리 능청맞게 묻소이까?"

이야기를 듣던 루크의 미간이 좁혀졌다.

'저놈은 아직도 상황 파악이 안 되나?'

지금은 누가 보더라도 코넬리오가 아쉬운 상황.

상황 파악이 되는 녀석이라면 저렇게 초지일관 고자세를 취하지는 않을 텐데.

'그냥 아무도 모르게 슈넬덴 산에 묻어 버려?'

루크가 그렇게 생각하고 있을 때, 율리안이 입을 열었다.

"병력 지원 요청을 철회한 것 말이오?"

"그렇소."

"허허, 그건 이미 이야기가 된 것이잖소?"

"이야기되었다니? 나는 처음 듣는 말이구려."

"지난번에 모튼 공이 내게 말하지 않았소?"

율리안은 부드럽게 웃어 보였다.

물론 슈넬덴의 입장에서 그런 것이고, 코넬리오의 입장에 선 그토록 얄미울 수가 없는 미소였다.

"망루 확보 건은 슈넬덴이 단독으로 처리하라고 말이오. 그래서 그렇게 하려는 것이오."

"그게 그 말이 아니잖소!"

모튼의 언성이 높아졌다.

"정말 내게 이러고도 슈넬덴이 무사할 것 같으시오?"

그 말투에선 더 이상 느끼한 버터 향이 느껴지지 않았다.

결국 녀석이 본성을 드러낸 것이다.

율리안이 고개를 갸웃했다.

"무사하지 않다면 어찌하려는 게요?"

"슈넬덴에서는 더 이상 코넬리오의 도움이 필요하지 않는다고 봐야 하지 않겠소?"

"그렇군."

"아니 그렇소? 혼자서도 능히 망루를 확보할 수 있으니 이렇게 자신감이 있는 것일 터!"

모튼은 회심의 미소를 지었다.

"본가에 슈넬덴에 대한 지원을 끊으라고 전하겠소!"

그것은 이 자리에서 당장 저놈들의 머리를 조아리게 할 수 있는 마법의 멘트였으니까.

그러나 다음 상황은 그가 예상했던 것과는 전혀 다르게 흘러갔다.

"그러도록 하시오."

"이제야 사과하고 싶은……. 뭐, 뭐라고 하였소?"

"그러라고 하였소."

율리안이 한 글자씩 또박또박 다시 말해 주었다.

그러나 모튼은 여전히 지금 상황을 믿지 못하는 것 같았다.

"지금 내 말뜻을 제대로 이해하지 못한 모양인데, 본가의 지원을 끊는다는 게 어떤 의미인지 모르는 게요?"

"알고 있소. 암, 아주 잘 알고 있지."

툭.

율리안은 마시던 찻잔을 내려놓았다.

"지금껏 슈넬덴이 얼마나 그 지원에 의지했는지도, 또 그 지원이 슈넬덴을 얼마나 옭아맸는지도."

"……."

"그래서 받지 않겠다는 말이오."

그 모습에선 어딘지 모르게 위압감이 뿜어져 나왔다.

'이제야 좀 슈넬덴의 가주답네.'

루크는 그런 율리안을 보며 흐뭇해했다.

"뭐 믿는 구석이라도 있다 이거요?"

"그럴 리가. 보시다시피 슈넬덴은 변하지 않았소. 그저 늘 해 왔듯 혼자 힘으로 가업을 행하려는 것뿐."

"허튼소리!"

모튼이 벌떡 일어섰다.

주먹을 불끈 쥐어 보였지만, 그 모습이 조금도 위협적이지 않았다.

"아직 차향이 다 가시지도 않았는데, 어찌 이리 금방 가려 하시오?"

"내 이번 일은 본가에 상세히 전할 것이오. 그때 가서 내 바짓가랑이를 붙잡아 봐야 아무 소용도 없을 거요."

"알겠소."

"지금 실수하는 게요, 가주!"

"거, 알았대도."

"내가 지금 이 문을 나가면 슈넬덴과 코넬리오의 관계는 파국이오!"

"모튼 공."

율리안이 이름을 부르자 모튼이 휙 하며 몸을 돌렸다.

"빈 수레가 지나치게 요란한 것 같소."

"이이이익!"

모튼은 얼굴이 벌게져서는 응접실을 나가 버렸다.

후르릅.

소란이 무색하게 율리안은 평온한 표정으로 차를 마셨다.

"고소하군."

그것은 평생 단 한 번도 맛보지 못했던 맛이었다.

⚜

슈넬덴 산 초입.

모튼 일행이 산을 벗어나고 있었다.

"저 늙은 여우 같은 새끼!"

모튼은 슈넬덴가를 나선 후에도 여전히 화를 삭이지 못
했다.

아니, 오히려 생각할수록 더욱 화가 치밀어 올랐다.

그도 그럴 게 그는 단 한 번도 슈넬덴에게 이렇게 당한 적
이 없었으니까.

어디 슈넬덴뿐인가.

북부의 모든 가문이 자기 앞에서 납작 엎드리는 게 당연
했다.

"저놈들에게 무슨 뒷배가 생긴 게 분명해."

중요한 건 그 뒷배가 누군가이다.

저렇게 대놓고 코넬리오에게 반기를 드는 걸 보면 분명 꽤 규모가 큰 곳일 테지.

그 뒷배의 정체만 알게 된다면 그걸 처리하는 건 식은 수프 먹기였다.

자신이야말로 북방의 실질적인 왕이었으니까.

"이봐, 로스."

"예, 지부장님."

"지금 바로 샤룬에 연락해서 저놈들 뒷배가 누군지 알아오라고 해."

"알겠습니다."

로스는 몸을 돌리다 말고 다시 모튼을 보았다.

"저, 지부장님……."

"왜?"

"본가에는 어떻게 전달할까요? 파병 요청을 철회했다고 전하면 그 이유에 대해서도 물을 텐데요."

본가라는 말에 모튼의 표정이 굳어졌다.

만약 자신이 슈넬덴을 제대로 관리하지 못한다는 게 알려진다면?

대가주는 자신을 이 자리에 남겨 놓지 않을 것이다.

아니, 그가 아는 대가주라면 능력이 없다면 즉결 처형까지

갈지도 몰랐다.

'이 일은 내 선에서 조용히 해결하는 게 맞아.'

두 번, 세 번 생각해 봐도 결론이 똑같았다.

"뒷배가 있을 거란 말은 하지 말고, 그냥 저놈들이 객기를 부리고 있다고만 전해."

"그렇게 보고해도 괜찮을까요?"

모튼의 이마에 혈관이 도드라졌다.

"괜찮겠냐고? 내 결정이 미덥지 못하다는 말이냐?"

"아니, 그런 게 아니오라······."

"너도 날 무시하는 거냐고!"

슈넬덴에서 당한 굴욕 때문이었을까.

그에게서는 허울뿐인 체통조차 보이지 않았다.

"주, 죽을죄를 지었습니다. 말씀하신 대로 보고하겠습니다."

로스는 아예 무릎을 꿇어 버렸다.

그제야 모튼의 표정이 풀렸다.

"진즉에 그럴 것이지. 날 무시하기만 해 봐."

모튼은 콧김을 흥, 내뱉고는 그를 지나쳤다.

로스는 그런 모튼을 보며 남몰래 고개를 저었다.

그러나 부관인 그가 할 수 있는 건 별달리 없었다.

그저 모튼이 시킨 일을 수행하는 것뿐.

율리안은 약속대로 래비에게 받은 후원금을 비전 연구와 수련 시설에 모조리 투자했다.

6개월 치 지원금을 한 번에 받았으니, 꽤 과감한 투자도 가능했다.

덕분에 연구실 학자들의 입은 귀에 걸렸다.

"실장님, 이게 다 뭡니까?"

"너희가 신청한 연구 도구들이지."

학자들은 잔뜩 쌓여 있는 실험 도구들을 보며 손을 번쩍 들었다.

여전히 그들의 눈 밑엔 다크서클이 잔뜩 껴 있었다.

아니, 전보다 더 짙어진 것 같기도 했다.

그럼에도 새로운 도구를 본 그들은 두 손을 번쩍 들었다.

"본관에서 무슨 바람이 들었길래 이렇게까지 해 주는 겁니까?"

"바보야, 이걸 보고도 모르겠냐? 이제 밤새도록 연구하란 말이잖아."

한 학자가 투덜거렸지만, 그들의 귀에는 들리지 않았다.

"어차피 밤새워서 연구하던 거, 적어도 이젠 촛불 비춰가면서 책을 안 봐도 되잖아."

"맞아, 이러면 적어도 일할 맛은 나지."

"이참에 연구실에 침대도 놔 달라고 할까? 그럼 퇴근하는 시간까지 아끼잖아."

수십 년 만에 받아 보는 본격적인 지원에 학자들은 노예를 자청하고 나섰다.

이런 기괴한 광경이 펼쳐지고 있는 곳은 비단 연구실뿐만이 아니었다.

"수련장을 보수해 주신다는 게 사실입니까?"

"그래, 너희들이 더 좋은 환경에서 검을 휘두를 수 있게 하라는 가주님의 분부다."

"으어어어어어!"

"이제 발이 얼어서 보법을 밟다가 넘어지는 일은 없겠군요."

"실내에서라면 밤새도록 비전 수련을 할 수 있을 겁니다."

"망루 확보도 슈넬덴 단독으로 한다던데, 우리도 지금부터 수련해야 하지 않겠습니까?"

가신 기사들 역시 의욕이 불타올랐다.

그런 슈넬덴의 변화를 흐뭇하게 지켜보는 자가 있었다.

'이게 슈넬덴이지.'

루크는 고개를 끄덕였다.

그동안 슈넬덴의 밤은 너무나 고요하고 깜깜했다.

이렇게 밤에도 불이 꺼지지 않고 땀내가 가득한 곳이 바로 루크가 아는 슈넬덴이었다.

너무 악덕 사장 아니냐고?

어쩔 수 없다. 2등이 1등을 제치기 위해선 죽을 만큼 노력해도 부족했으니까.

가문이 창립된 이래 늘 2등이었던 슈넬덴은 이런 모습이 자연스러운 것이다.

지금까지는 그들이 훈련과 연구에 밤을 지새울 여유가 없었던 것일 뿐.

'코넬리오에게서 완전히 벗어나려면 그 정도는 해야지.'

루크는 본가를 한 바퀴 돌아본 후 정문으로 걸어갔다.

'내부 정리는 대충 다 된 것 같으니, 이제 보고를 들으러 가 볼까?'

그는 정문을 훌쩍 뛰어넘어 버렸다.

백운보를 사용한 탓에 그의 인기척을 느끼는 이는 아무도 없었다.

루크가 향한 곳은 얼마 전 베르너가 사둔 비어 있는 집이었다.

코넬리오에서 연락이 옴.

베르너가 보낸 전서구에서 본 말이었다.

'베르너 샤룬, 그놈이 옳은 선택을 했어.'

보다 자세한 정보는 접선지에 두기로 했다.

'근데 이렇게까지 하는 건 좀 귀찮긴 하네.'

그래도 어쩔 수 없었다.

아직 베르너는 래비와 달리 완전히 믿을 수 있는 녀석이
아니었다.

귀찮은 방법을 쓰더라도, 자신이 루크임을 눈치챌 수 있는
여지를 줘서는 안 됐다.

그렇게 도착한 접선지.

그곳엔 베르너가 놔둔 편지가 한 통 있었다.

코넬리오로부터 슈넬덴의 최근 동향을 감시하라는 지시가
하달되었네. 별다른 이상 행동은 없었으며, 비스크 영지 건으로
현금 사정이 조금 나아졌을 뿐이라고 보고했다네. 물론 슈넬덴
과 샤룬의 채무 관계에 대해선 아무 말도 하지 않았고…….

코넬리오의 자세한 지시 사항과 거기에 대한 베르너의 대
답이 자세히 기록되어 있었다.

'제법 잘 설명했는데?'

가문 대대로 눈칫밥을 먹어 가며 살아와서 그런지, 할 말
과 하지 않을 말을 딱딱 가려서 잘 보고했다.

이 정도면 코넬리오도 믿고 넘어갈 것이다.

'하는 거로 봐서는 좀 더 이용 가치가 있겠어.'

슈넬덴은 이제 막 부활의 서막을 올리기 시작한 상태였다.

본격적으로 싹을 틔울 때까지 손 쓸 수 없도록 코넬리오의 눈을 가릴 필요가 있었다.

아마 샤룬이 그 역할을 가장 잘해 낼 수 있으리라.

그러나 샤룬을 완전히 믿는 것도 아니었다.

그 녀석은 상황에 따라 얼마든지 태세를 전환할 녀석이었으니까.

차용증을 무기로 샤룬을 뽑아 먹으면서도 그들이 뒤통수를 치지 못하도록 감시하는 것.

그게 루크가 지금 샤룬을 대하는 태도였다.

'어쨌든 지금은 샤룬에게 힘을 좀 더 실어 줘야겠군.'

그럴수록 코넬리오의 눈은 더욱 가려질 것이다.

그리고 이상한 걸 눈치채고 자기 눈을 가리고 있던 샤룬을 걷어 내는 순간, 이미 슈넬덴은 코넬리오의 공세를 견딜 만한 힘을 키웠으리라.

'슈넬덴에 너희가 발을 들일 자리 따위는 한 뼘도 없을 거다.'

루크는 이를 바득바득 갈면서 다시 본가로 올라갔다.

그래도 오늘만큼은 본가로 올라가는 발걸음이 가벼웠다.

"가주님, 모튼 쪽에서 다시 연락을 취해 왔습니다."

"뭐라고 하던가?"

율리안은 인상을 찌푸렸다.

녀석의 면상이 떠올랐기 때문이다.

코넬리오라는 이름만 없었다면 그 자리에서 녀석의 면상을 몇 대고 갈겨 줬을 텐데.

"파병 요청을 거절하면 지원도 끊겠다고 하더군요. 이것이 최후통첩이라는 말도 꼭 붙여 달라고 했습니다."

"예상한 대로군."

코넬리오는 여전히 슈넬덴이 자금난에 허덕이는 줄 알고 있다.

그러니 자신들이 돈줄을 쥐고 흔든다면 통할 거라고 생각하는 거겠지.

하지만 그런 건 이제 슈넬덴엔 통하지 않았다.

"파병도, 물자도 다 거절하겠다고 하게. 예의상 지금까지 도와줘서 고맙다는 말 정도는 해 줘도 괜찮겠지."

"예."

디온은 몸을 돌리다 말고 다시 율리안을 보았다.

"음, 뭔가 할 말이라도 있는 겐가?"

"가주님, 제가 감히 한 말씀만 드려도 되겠습니까."

"자네의 말이라면 언제든 환영이지."

"혹시 이 결정이 너무 성급할 수도 있지 않겠습니까?"

디온이 최대한 조심스럽게 말했다.

"슈넬덴이 코넬리오를 떨쳐 내는 것 말인가?"

"예, 물론 지금 슈넬덴의 기사들은 선조의 비전을 제대로 익히고 있습니다. 그러나 아직 완전히 익혔다고 하기엔 부족함이 많지요."

"그건 괜찮네. 조를 잘 짜기만 하면 이 시기에 망루 확보 정도는 가능할 테니."

디온은 눈을 질끈 감았다.

하고 싶은 말이 있는데도 쉽게 입 밖으로 나오지 않았다.

차마 제 입으로 담기에 너무나 치욕스러운 것이었기에.

그러나 이대로 참고 넘길 수도 없었다.

결국 그는 고심 끝에 입을 열었다.

"솔직히 말씀드리자면 저는 확신이 서지 않습니다. 당장은 코넬리오 없이도 살 수 있을 것 같아도, 상황이라는 게 또 어찌 될지 모르지 않습니까. 혹시나 코넬리오가 무슨 수라도 쓰면 어떡합니까."

"……"

율리안은 말없이 고개를 끄덕였다.

그의 말이 맞았으니까.

인정하기는 싫어도 코넬리오는 과거부터 현재까지 항상

대륙 최강의 가문이었다.

그들이 이토록 오랜 기간 최강의 자리를 유지한 건 그저 무력 때문만이 아니었다.

위협이 될 만한 요소를 전략적으로 처리하는 권모술수.

그것이 있었기에 가능한 것이었다.

그리고 그들은 이번에도 그런 수를 쓸지도 모른다.

아니, 분명 무슨 수든 쓰려 할 것이다.

'그렇다고 슈넬덴이 그 술수를 이겨 낼 거라는 확신도 없지.'

예전보다 상황이 훨씬 좋아진 건 맞았다.

그렇다고 해도 여전히 과거보다는 한없이 부족한 수준.

최전성기 때도 이기지 못한 코넬리오인데, 이런 상태에서 그들이 마음먹고 나선다면 과연 막아 낼 수 있을까.

"일단은 지원은 계속 받되, 파병 규모만 줄이고 작전 지휘를 저희가 맡으면 되지 않겠습니까? 일단은 슈넬덴이 살아야 다음을 기약할 수 있지요."

"자네의 걱정이 무엇인지는 알겠네."

"가주님, 그럼 지금이라도……."

"하지만 그렇게 코넬리오를 집안에 들이면 그다음은?"

"그다음은……."

디온은 눈을 돌렸다.

"녀석들이 본가에 한 발이라도 걸치는 순간, 슈넬덴은 더이상 지금처럼 꿈을 꿀 수 없네. 녀석들이 슈넬덴이 달라지는 꼴을 가만히 두고 볼 리가 없으니까."

"……"

이번에는 디온 쪽이 입을 다물었다.

"나도, 선대 가주님들도 모두 같은 이유를 들며 코넬리오에 빌붙었네. 그때마다 어쨌든 살아야 다음이 있다며 스스로를 애써 위로했지. 그 결과는 자네도 알지 않은가?"

"죄송합니다, 가주님. 제가 잘못 생각했던 것 같습니다."

"아닐세. 자네가 왜 그런 말은 했는지는 나도 잘 알고 있네. 다만 이제는 슈넬덴이 홀로서기를 시작해야 할 때인 것 같네."

디온도 고개를 끄덕였다.

그 역시 슈넬덴이 코넬리오에게 지배당하는 꼴은 보기 싫었다.

다만 성급하게 독립하려다 되레 망가지지 않을까 걱정한 것뿐.

'가주님이 저리 생각하신다면야.'

디온은 율리안의 결정에 따르기로 했다.

"그럼 두 도련님은 어찌하시겠습니까? 테오 도련님은 이번 작전에 참가하고 싶다고 했습니다."

"최근 설산의 동향이 심상치 않으니, 아이들을 데려가는 것은 위험하네."

"도련님들이 서운해하겠군요."

"어쩔 수 없네. 그 아이들은 슈넬덴의 희망이니까. 잘못되기라도 하면 큰일이네."

"예, 그럼 저는 모튼에게 가주님의 뜻을 전하도록 하겠습니다."

"부탁하겠네."

디온은 고개를 숙인 후 방을 나갔다.

"말은 그렇게 했지만서도……."

그제야 율리안도 한숨을 푹 내쉬었다.

솔직히 말하면 정말 이 선택이 옳다고 확신하지 못했다.

코넬리오 없이 홀로 선다.

적어도 그가 나고 자란 슈넬덴에서는 절대 생각지도 못했던 것이었으니까.

그만큼이나 슈넬덴은 코넬리오에 종속되어 있었다.

아니, 테론 대륙의 어느 누가 종속되지 않을 수 있겠는가.

브리든 제국이 아닌 이상에야 말이다.

"후우."

그의 눈엔 벽에 걸린 초대 가주의 초상화가 눈에 들어왔다.

"선대이시여, 부디 슈넬덴을 굽어살피시옵소서."

그가 할 수 있는 거라고는 철저히 준비해 놓고 일이 잘 풀리기를 기도하는 것밖에 없었다.

루크는 자신의 방에서 한창 수련을 하고 있었다.

최근 들어 일이 너무 많았던 탓에 실컷 수련하지 못했다.

테오의 실력도 키워야 하는 데다가 비전 연구도 돕고, 가문에 영지도 가져다주고, 새로운 사업 파트너 구하기까지…….

이런 상황에서 실컷 수련을 할 수 있을 리가 없었다.

가문을 살리려다가 제 수련에 힘을 쓰지 못하다니.

'아주 주객이 전도된 거지.'

엄밀히 말해 주객이 전도된 건 아니었다.

애당초 루크의 목적 중 하나가 가문을 원상 복구시켜 놓는 것이었으니까.

그리고 아무리 바쁘다고 한들 수련을 아예 빼먹은 일은 한 번도 없었다.

말 그대로 루크 스스로가 원하는 만큼 수련을 하지 못했다는 것뿐이었다.

루크가 원하는 만큼을 채우기 위해서는 아마 폐관 수련에 들어가야 할 것이다.

'이건 길을 알고 있으니 더 마음이 급하네.'

자신이 얼마나 강했는지 알고 있었기에, 지금 수준이 얼마나 부족한지도 뼈저리게 느껴졌다.

특히 마나 쪽이 심각했다.

원래는 바닷물을 퍼다 쓰다가 지금은 이슬을 받아 쓰려니 답답해 죽을 지경이었다.

'정순한 마나니 뭐니 해도 일단 쓸 수 있는 양 자체가 적으니까 너무 답답해.'

얼른 이 두 개의 코어를 다 채워야 세 개째 분열을 시작할 수 있다.

그래야 설풍검 1식을 자유롭게 사용할 수 있을 텐데.

마음 같아서는 주변에 널린 이 마나를 확 받아들여서 텅 비어 있는 코어를 채워 버리고 싶었다.

'안 되지, 안 돼. 참자. 지금 목마르다고 바닷물을 마실 순 없잖아.'

루크는 겨우 그 충동을 억눌렀다.

이제야 기초가 다져지고 있는데, 여기에 불순물을 넣는다?

이건 지금까지의 고생을 수포로 만드는 길이었다.

그럴 거였으면 처음부터 실컷 마나를 받아들였겠지.

어쩌겠는가.

자신이 선택한 길, 악으로 깡으로 버티는 수밖에.

'악이고 깡이고 너무 답답한데……. 어디 엘릭서 같은 거라도 구해 볼까?'

이제는 돈도 있는데 엘릭서쯤은 쉽게 구할 수 있을 것이다.

문제는 엘릭서를 드럼통째 들이켜도 건질 수 있는 마나는 아주 소량이라는 것.

가성비가 떨어져도 너무 떨어진다.

한참 고민에 빠져 있던 루크의 머릿속에 한 가지 묘책이 떠올랐다.

'예전에 연구했던 엘릭서를 만들어 봐?'

덴 호그와의 전쟁이 한창이던 때, 인간들은 마나를 급속 보충하기 위해 엘릭서 연구에 혼신을 다했다.

그 연구에 슈넬덴도 마찬가지로 열을 올렸고.

결국 설산의 재료들로 엘릭서를 만들어 내는 데 성공했다.

설산은 대륙에서 순수한 마나가 풍부하기로 손꼽히는 지역.

특히 냉기를 많이 포함하고 있어 슈넬덴의 기사들에게 아주 적합한 엘릭서가 나왔다.

문제는 그것을 상용화하기 전에 덴 호그가 처리되었고, 슈넬덴이 풍비박산이 되었다는 것.

비전서도 주석서도 갖다 팔아 버린 집구석에 엘릭서 레시피가 남아 있을 리 없었다.

'괜찮아, 제조법은 내가 다 알고 있으니까 재료와 생산 설비만 있으면 돼.'

설산 엘릭서를 만들기만 한다면 다른 엘릭서보다 효율이 훨씬 높을 것이다.

'이번 망루 확보하러 갈 때 재료 좀 챙겨 올까?'

괜찮은 생각이었다.

재료만 구해 온다면 오르겐 상단을 통해 엘릭서 제작자를 구할 수 있으리라.

몇 개 만들고 남으면 테오를 줘도 될 테고.

수련이 끝나면 바로 테오한테 가 봐야 할 것 같았다.

'일단은 수련에 집중부터 하자.'

루크는 상념을 털어 버리고는 다시 마나 연공에 집중했다.

그가 수련을 끝내고 방에서 나온 건 그로부터 몇 시간 후였다.

🌀

루크는 곧장 청상관으로 향했다.

그러나 테오는 청상관에 없었다.

"도련님이라면 아마 백은관에 계실 거예요. 수련할 거라고 하셨거든요."

하녀의 말을 듣고 다시 백은관으로 향했다.

'의외군. 오늘은 자율 수련도 없는 날인데.'

원래부터 워낙 수련 시간이 많다 보니, 테오는 휴식 시간 때 말 그대로 아무것도 하지 않고 쉬기만 했다.

그런 녀석이 쉬는 날에도 수련이라니.

'무슨 바람이 든 거지?'

백은관으로 가 보니 루크가 검을 휘두르고 있었다.

꽤 오랫동안 휘두른 건지 온몸이 땀으로 축축했다.

그런데 녀석의 분위기가 이상했다.

검은 휘두르고 있긴 하지만 어딘지 모르게 집중은 하지 못한 것 같은 느낌.

표정도 어두워 보였다.

"그렇게 휘두르는 건 수련이 아니라 노동이지. 그러다 몸만 다쳐."

"어? 루크."

테오는 고개를 축 늘어뜨리며 대답했다.

확실히 어딘가 이상했다.

"왜 그래? 무슨 일 있어?"

"아무것도 아니야."

"뭔데."

"아니래도."

"그래, 그럼."

루크는 관심 없다는 듯 테오를 지나쳤다.

그러고는 자신의 목검을 뽑아 들었다.

테오는 그런 루크를 물끄러미 보고 있었다.

마치 한 번 더 물어봐 달라는 것처럼.

좀 친해졌다고 이젠 밀당까지 걸어오다니.

'내가 너랑 밀당할 짬이냐?'

루크는 속으로 투덜거리면서도 다시 물어봐 주었다.

"왜? 왜 그렇게 울상인데."

"그게 사실……."

테오는 기다렸다는 듯 곧바로 입을 열었다.

"오늘 아버지께 망루 확보 작전에 참가하고 싶다고 말했어."

"오, 그래?"

그렇지 않아도 테오에게 함께 가자고 말하려 했었는데.

먼저 말을 했다니 잘됐다.

"근데 안 된대."

"뭐?"

"우리는 못 간대."

이러면 곤란하다.

이번 작전 때 설산에서 엘릭서 재료를 챙기려 했는데.

'그레이턴 방벽은 다른 곳처럼 뛰어넘어 갈 수도 없고.'

그레이턴 방벽은 명색이 인류를 지키는 방벽이라 불리는 곳.

당장 오우거 같이 거대한 녀석들도 막아 내려면, 평범한 벽 따위로 될 리가 없었다.

그러니까 설산으로 가기 위해서는 반드시 작전에 동행해야 했다.

"왜 우리는 안 된대?"

"설산은 너무 위험해서 정식 기사 작위가 없는 사람은 갈 수가 없대."

"위험하다고?"

이게 무슨 경우인가?

설산이 너무 위험해서 갈 수 없다고?

단언컨대 지금 본가에서 루크보다 설산에 대해 잘 아는 사람은 없을 것이다.

그는 한창 마룡이 날뛰던 시절에 그곳에서 몬스터들과 싸웠던 몸. 게다가 실력으로 봐도 현시점에 루크보다 뛰어난 자는 거의 없었다.

그런데 누가 위험하다고?

아니, 애당초 방벽을 넘어가는데 언제부터 정식 기사 작위가 필요했던가?

예전엔 슈넬덴의 이름을 달고 검을 들었다면 누구나 그곳으로 향했었는데.

방벽에 상주하다시피 하는 레인저들 중에는 기사 작위가 없는 녀석도 있었다.

"어이가 없네."

"마찬가지야."

"잠깐 그럼 정식 기사가 되면 갈 수 있다는 말 아니야?"

"그건 그렇긴 한데…… 정식 기사가 되려면 정기 시험을 치러야 해."

"그깟 시험 전부 가져와. 통과하면 되지."

"근데 그 시험이 내년에 있어."

그럼 이대로 내년까지 기다리라고?

루크는 절대 그럴 마음이 없었다.

"야, 야. 또 무슨 사고를 치려고?"

테오는 루크가 아무것도 하지 않았는데도 일단 만류부터 하고 보았다.

"내가 뭘 했는데?"

"너 지금 이상한 생각했잖아. 아니야?"

"칫, 눈치만 빨라져 가자고."

루크는 바닥에 침을 툭 뱉으며 말했다.

이젠 누가 망나니였는지조차 가물가물해진다.

"가자."

"어딜?"

"아버지한테."

"뭘 하려고?"

"안 된다는데 들이받아야지."

"야, 이 미친……!"

루크는 이미 저 멀리 가 버렸다.

테오는 하는 수 없이 그의 뒤를 따라갔다.

내심 루크가 아버지와의 협상에서 성공하길 바라면서.

Chapter 5

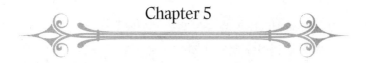

율리안은 정신이 없었다.

코넬리오를 내친 시점에서 이번 단독 망루 확보 작전은 중요성이 매우 커졌다.

그 작전을 구상하느라 거의 모든 업무를 내팽개쳐 둘 정도.

그러나 두 아들이 동시에 자신을 보러 왔다는 소리에 짬을 내 주었다.

"그러니까 너희도 망루 확보 작전에 참가시켜 달라?"

"그렇습니다."

"너희들의 마음은 잘 알겠으나 아니 된다."

"어째서입니까?"

"너희는 아직 정식 기사가 되지 못했다. 자격이 없는 자에게 무거운 책임을 지울 수는 없는 법이지."

사실 저 아이들 정도면 정식 기사 시험 정도는 무난히 통과할 수 있을 것이다.

그 자체로 이미 방벽을 넘어갈 자격은 충분할 터.

그러나 최근 설산의 낌새가 예사롭지 않다는 보고가 들려왔다.

테오와 루크는 자신의 아들이자 슈넬덴의 희망이었다.

부모로서도, 그리고 슈넬덴의 가주로서도, 저 아이들을 선뜻 방벽 너머로 보내고 싶지 않았다.

하지만 누가 슈넬덴의 피를 물려받지 않았달까 봐, 두 아들의 고집도 만만치 않았다.

"슈넬덴의 혈족이 방벽을 넘는 건 당연한 일인데, 언제부터 자격이 필요했습니까?"

"이번은 특수한 경우이니라."

"아버지!"

루크가 눈에 독기를 띠며 말했다.

저 눈빛은 일전에 코넬리오의 지원단이 온 자리에서 보였던 것보다도 더 날카로웠다.

무엇 때문에 저 아이는 저토록 방벽을 넘어가려는 것일까.

'방벽 너머에는 혹독한 추위와 마물들밖에 없을 터인데.'

공로를 세우고 싶어서?

그런 거였다면 비스크 영지 건을 테오의 공으로 돌리지도 않았을 것이다.

망루 확보에 힘을 보탠다 한들 영지 하나를 가지고 온 것보다 클 리가 없지 않은가.

그렇다면 남은 건 하나밖에 없었다.

'혈족으로서의 긍지 때문인가?'

그렇게밖에 볼 수 없었다.

아들의 그 숭고한 의지가 그의 마음을 흔들어 놓았다.

"그리도 방벽 너머로 가고 싶은 게냐?"

"예."

루크와 테오가 동시에 대답했다.

그 목소리에선 강한 의지가 느껴졌다.

율리안은 작게 한숨을 내쉬었다.

"그래, 그럼 슈넬덴의 방식대로 하자꾸나."

"슈넬덴의 방식요?"

"정식 기사가 아닌 자는 방벽을 넘을 수 없다. 그렇다면 너희가 정식 기사의 자격을 갖추었음을 증명하면 되겠지."

테오는 아직 아버지의 말을 눈치채지 못했는지, 눈만 이리저리 굴렸다.

반면 루크는 그 말뜻을 알아차렸다.

"정식 기사를 이기란 말씀이군요."

"그렇지. 이길 수 있겠느냐?"

율리안이 미소를 지었다.

그러나 루크는 웃지 못했다.

정식 기사를 이길 자신이 없어서?

그럴 리가.

예전 같았으면 견습 기사 딱지도 떼지 못했을 녀석들이다.

그런 놈들은 한 수레로 가져와도 거뜬했다.

'문제는 테오인데…….'

테오 슈넬덴은 이야기가 달랐다.

아무리 슈넬덴의 정식 기사들이 예전만 못하다고 하더라도, 비스크 같은 소영지의 기사들과는 비교 자체가 성립하지 않았다.

그놈들은 주먹 좀 쓰는 양아치가 마나를 다룰 줄 아는 것뿐이고, 슈넬덴의 기사들은 혹독한 교육 과정을 거친 나름의 엘리트들.

게다가 과다한 임무로 인해 자의 반 타의 반 실전 경험까지 쌓았다.

지금의 테오가 그들을 이길 확률은 50%보다도 낮았다.

'그렇다고 나만 갈 수도 없고.'

공식적으로 슈넬덴에서 가장 주목받고 있는 인재는 테오였다.

당연히 작전에 들어가더라도 테오에게 시선이 쏠리게 될 터.

그러니 자신이 마음 놓고 엘릭서 재료를 구하러 다니려면,

반드시 테오가 시선을 끌어줘야 했다.

'해 봐야지, 뭐.'

이대로 가만있는다고 해서 산맥으로 갈 수 있는 것도 아니다.

가능성이 조금이라도 있는 쪽에 걸어 봐야 하지 않겠는가.

"알겠습니다."

루크는 제안을 받아들였다.

"정식 기사들과 겨룬다고?"

테오가 당황하며 루크를 붙잡았다.

그 역시 자신과 기사들의 차이를 잘 알고 있었다.

"그래야 작전에 투입해 주신다잖아."

"그건 그런데……."

"걱정 마."

루크의 그 한마디에 테오의 걱정은 연기처럼 사라졌다.

'저 녀석에게 또 뭔가 있구나?'

루크가 생각 없이 저 제안을 받아들이는 게 아닐 것이다.

"알겠어."

"그럼 결정이 난 게냐?"

율리안이 물었다.

"예."

"그리 자신이 있다면 2주 후에 대련을 치르도록 하겠다. 괜찮겠느냐?"

"물론이죠. 2주면 충분합니다."

루크가 자신 있게 대답했다.

율리안도 문득 호기심이 들었다.

'어떻게 2주 만에 정식 기사를 이기려는 걸까?'

그가 알고 있는 대로라면 루크는 고사하고 테오조차 정식 기사를 이기기는 힘들었다.

그런데 무슨 수가 있어서 루크는 저토록 자신감을 보이는 것인가.

설마하니 루크가 근거 없는 자신감을 보일 리도 없었다.

'이거…… 내가 잘못 제안한 건가?'

원래 이 시험을 제시한 건 루크의 의지에 마음이 흔들렸기 때문이기도 했지만, 둘의 고집을 꺾을 정당한 명분을 만들기 위해서이기도 했다.

그런데 루크의 태도를 보니, 혹시 자신이 실수라도 한 건 아닌가 하는 생각이 들었다.

율리안은 내심 2주 후가 걱정되기 시작했다.

"너도 알겠지만 나는 아직 정식 기사를 이기기엔 부족해."

백은관으로 돌아가는 길.

테오가 조심스럽게 말했다.

그 목소리에선 분한 감정이 느껴졌다.

제 동생은 쫓아가기도 힘들 만큼 성장하고 있는데, 자신은 아직 제자리에 머무는 것 같았기 때문이다.

물론 그건 사실이 아니었다.

현재 테오의 성장 속도는 보기 드물 정도로 빨랐으니까.

지금껏 루크가 키웠던 녀석들 중에서도 손에 꼽힐 정도의 속도였다.

괜히 테오가 슈넬덴의 유일한 희망이라 불린 게 아니었다.

그러나 속도라는 건 상대적인 것.

자신은 빠르게 달리고 있는데 옆으로 마차가 지나가면 어떻겠는가.

그 누구도 자기가 빠르다고 생각하지 않을 것이다.

테오의 입장에선 비교군이 루크밖에 없으니, 그런 속도감을 느낄 수가 없었다.

"알고 있어."

"그러면서 아버지의 제안은 왜 받아들인 거야?"

"그야 이길 수 있을 것 같으니까."

"그렇지? 너한텐 계획이 다 있었던 거지?"

"당연하지."

"역시!"

테오는 손가락을 튀겼다.

자신의 예상이 맞았다.

루크가 좀 단순하고 폭력적인 면이 있기는 해도, 그 뒤에선 언제나 철저히 계획을 세우고 움직이는 녀석이었다.

　반년 전, 자신에게 했던 것들만 봐도 알 수 있지 않은가.

　이제 안심이 좀 되는 것 같았다.

　루크가 말한 방법이라는 게 뭔지는 몰랐지만, 어쨌든 이번에도 자신을 빠른 시일 안에 극적으로 성장시켜 주리라.

　"그래서 그 계획이 뭔데?"

　"연습하는 거."

　"뭐?"

　"연습하는 거라고."

　"그냥 연습?"

　"응, 그냥 연습."

　"그게 다야?"

　"뭐가 더 필요해?"

　"그 뭐냐…… 좀 더 '우와!' 하고 탄성을 낼 방법은 없어?"

　"'우와!' 하는 방법이라니."

　"왜 그 있잖아. 네가 전에 해 줬던 안마라든가, 그런 거."

　"없어, 그런 거."

　"그래?"

　테오의 고개가 축 처졌다.

　좀 더 획기적인 계획을 기대했는데 고작 연습이라니.

　왠지 김이 새는 기분이었다.

"형, 정신 차려."

"뭐?"

"강해지는 데에 지름길이 있을 거라는 생각은 하지도 말라고."

"……."

테오는 뒤통수를 세게 후드려 맞은 기분이었다.

루크의 저 한마디가 너무나 충격적이었기 때문이었다.

'그러게. 나 지금 무슨 생각을 하고 있었던 거지?'

한 방에 획기적으로 강해지는 방법이라니, 마족과 계약을 하는 게 아닌 이상 그런 게 있을 리가 없었다.

강해진다는 건 수천, 수만 번 검을 휘두르고, 쉬지 않고 마나를 연공한 끝에 비로소 성취하는 것이다.

그런데도 자신은 그저 루크가 어떻게 해 줄 거라는 안일한 생각이나 하고 있었다니…….

'언제부터 강해지는 게 그렇게 쉬웠다고.'

루크의 얼굴을 보기가 부끄러워졌다.

"미안하다."

"아냐, 그럴 수도 있지."

"내 생각이 짧았어. 강해지는 데 왕도는 없는 법이지."

"지금이라도 알아서 다행이네."

"좋아! 남은 기간이 2주였나? 그때까지 죽을 만큼 수련하면 녀석들에게 비벼 볼 수는 있겠지."

테오가 주먹을 불끈 쥐며 말했다.

그리고 그걸 본 루크의 눈이 번쩍였다.

"방금 '죽을 만큼'이라고 했지?"

"응?"

"방금 형이 '죽을 만큼'이라고 했잖아."

"그렇지……?"

테오는 뭔가 불안했지만 일단 고개를 끄덕였다.

"그럼 가자."

"어디를?"

"죽을 만큼 수련하러."

루크의 입가가 쭉 찢어졌다.

그 모습은 흡사 악마의 초상화를 보는 것 같았다.

"자기가 한 말은 꼭 지키겠지?"

"너 설마 이걸 노린 거였어……?"

"너무 많은 걸 알려고 하지 마."

루크는 휘파람을 불며 앞서 나갔다.

테오는 앞으로 펼쳐질 일이 두려워졌다.

'뭐 어쩌겠어.'

방벽을 넘기 위해선 기사 작위가 필요하고, 그러기 위해선 2주 안에 강해져야 했다.

지금은 루크를 믿고 따르는 수밖에 없었다.

'그리고 설마 루크가 날 죽이기야 하겠어?'

테오는 애써 두려움을 떨쳐 내며 루크를 따라갔다.

그러면서도 뒤따라오는 원인 모를 두려움을 완전히 지울
수는 없었다.

🕷

잠시 후 백은관.

본가에서도 특히 인적이 드문 곳에 루크와 테오가 나타
났다.

'저 녀석, 뭘 하려는 걸까?'

여기까지 오는 내내 루크가 앞서 가는 바람에 물어보지 못
했다.

어차피 녀석을 따라잡아 물어봤어도 대답해 주지 않았을
테지만.

슥.

루크가 테오 쪽으로 몸을 돌렸다.

이제 무슨 수련을 할 건지 말해 줄 모양이다.

"이제부터 나랑 죽을 만큼 수련할 거야."

"무슨 수련을 할 건데?"

"일대일 대련을 하기에는 풍월대검보다 천설검이 더 유리
하지."

"그렇긴 한데 난 아직 천설검을 완성하지는 못했는데?"

루크는 아무 말 없이 검 한 자루를 테오에게 건네주었다.

풍월대검의 초식을 연습할 때 사용하는 수련용 진검이었다.

"역시 초식을 익히는 건가?"

"비슷해."

"비슷하다면……."

"일단 이거부터 눈에 써."

루크는 이번엔 천 하나를 건넸다.

테오는 뭔가 이상했지만, 루크가 지시하는 것이었기에 믿고 따랐다.

"다 썼어."

"그럼 시작해 볼까?"

스릉.

루크도 검을 뽑는 소리가 들렸다.

녀석도 함께 수련하는 모양이다.

"우린 2주간 대련만 할 거야."

"대련만 한다고?"

"응."

"누구랑?"

"누구긴, 당연히 나지. 형도 자세 잡아."

루크가 그렇게 말하며 자세를 잡았다.

보아하니 저 말은 진심인 것 같았다.

"아니, 이 미친 새끼가."

테오가 버럭 소리쳤다.

자신에겐 안대를 씌워 놓은 채로 서로 진검을 들고 대련하자고?

이 정도면 악마도 한 수 접어줘야 할 정도 아닌가?

아니, 악마가 와서 수업을 받아야 할 지경이었다.

어떻게 하면 사람을 악랄하게 괴롭힐 수 있겠냐는 주제로 말이다.

"자, 그럼 시작한다."

루크가 무릎을 굽혔다.

당장이라도 앞으로 튕겨 나와 자신에게 검을 휘두를 것 같았다.

루크가 겉으로는 단순하고 폭력적이지만, 뒤에선 철저히 계획을 세워 놓는다고?

미안하지만 그 말은 취소다.

저건 그냥 미친놈이다.

"빨리 초식 자세 잡아. 더는 안 기다려 줄 거니까."

파앗!

루크가 무릎을 펴며 앞으로 치고 나왔다.

"어, 어?"

테오도 본능적으로 검을 들어 올렸다.

그러나 시야가 완전히 차단된 탓에 앞이 전혀 보이지 않았다.

테오는 속으로 기도했다.

아버지, 못난 자식 놈은 먼저 갑니다.

제가 죽거든 루크 저놈을 제 무덤에 순장시켜 주세요.

언젠가 누군가에서 그런 소리를 들은 적이 있다.

검사가 어느 경지에 이르면 시각에 의존하지 않고도 주변을 느낄 수 있다고.

그게 뭐라고 했더라, 무슨 심안의 경지라고 했나?

아무튼 테오는 당시에 한창 망나니이던 시절이었기에 당연히 콧방귀나 꼈다.

'그딴 게 가능할 리가 없잖아.'

그리고 오늘에서야 확실히 알게 되었다.

그딴 건 가능하지 않다는 것을.

챙!

자신이 들고 있던 검이 루크의 검에 닿는 순간 난 소리였다.

보이지 않는 상태에서 루크의 검을 겨우 막아 낸 것이다.

그러나 무게를 제대로 실지 못한 탓에 테오의 검은 한 방에 날아갔고, 그는 완전 무방비 상태가 되었다.

루크의 검은 거기서 멈추지 않았다.

휙.

벨무스의 검날이 어깻죽지를 향해 달려드는 게 느껴졌다.

"으악!"

테오는 깜짝 놀라며 몸을 뒤로 젖혔다.

워낙 급하게 움직이다 보니 차마 무게중심을 잡을 여유는 없었다.

쿠당탕!

결국 테오는 바닥을 나뒹구는 신세가 되었다.

정녕 동생 놈이 자신을 죽이려 하는 것일까.

그것도 형에게 안대를 둘러놓은 상태로?

악마도 저런 악마가 없었다.

테오는 눈을 가리고 있던 천을 휙 집어던졌다.

그러고는 원망을 가득 담아 루크를 째려보았다.

그러나 루크는 자기 잘못이 뭔지 전혀 모르는 듯했다.

"그땐 피하는 게 아니라 천설검의 방어 초식을 사용했어야지."

심지어 자신을 다그치기까지 했다.

"이게 다 수련이야."

"수려어어언? 형한테 안대를 씌워 놓고 진검 휘두르는 수련이 세상천지에 어디 있냐?"

테오가 버럭 성질을 냈다.

아무리 자기가 요즘 루크 말이라면 껌뻑 죽는다지만, 그것도 정도가 있지.

자살이랑 다를 게 없는 지시에도 '깊은 뜻이 있겠거니.' 하고 생각할 호구는 아니었다.

"내가 설마 형을 죽이려고 이러는 것 같아?"

"아니야?"

"당연히 아니지."

"지금 이 꼴을 보고도?"

하긴 꼴이 조금 우습긴 했다.

그러나 장담하건대 여기엔 다 깊은 뜻이 있었다.

테오가 그걸 눈치채지 못한 것뿐.

"형."

"왜?"

"나 못 믿어?"

"믿고 싶어도 믿을 수가 있어야지, 이놈아."

"휴."

루크는 한숨을 푹 내쉬었다.

'예전엔 이렇게 일일이 설명해 가면서 안 가르쳤는데.'

칼린 같은 녀석들에게 아무 설명도 없이 목검을 쥐여 주고 패거나, 족쇄를 채워 놓고 패던 시절이 생각났다.

그때는 그저 강해지기 위함이다, 이 말 한마디면 충분했었다.

하지만 어쩌겠는가.

그때로부터 200년이나 흐른 것을.

시대가 바뀌었으니 거기에 맞게 행동해야겠지.

"형이 재능 하나만큼은 뛰어난 거 알지?"

"그렇긴 하지."

"게다가 나랑 같이 피나는 수련까지 했으니까 그 재능은 이미 피어나고 있어."

"그래?"

갑자기 훅 들어온 칭찬에 테오가 화를 조금 풀었다.

그 단순함에 루크는 남몰래 고개를 내저었다.

"이론적으로만 보자면 정식 기사들을 충분히 이길 수 있지."

"뭘 그렇게까지 띄워 줘."

테오는 동생이 자신을 이렇게까지 높게 평가하고 있는지 몰랐다.

하긴 녀석이 시키는 그 미친 짓들을 전부 해냈으니, 그럴 만도 했다.

그러나 다음 말을 듣고는 다시 미간을 찌푸렸다.

"근데 지금 이대로 걔들이랑 붙으면 열에 열 번은 질 거야."

"그래도 백운보에 풍월대검도 제대로 배웠고, 지금 천설검도 배우고 있는데 전패일 것까지야……."

"아니."

루크는 단호하게 고개를 저었다.

"형은 비전을 실전에 써 본 적이 거의 없으니까."

"무슨 소리야, 나도 풍월대검이나 백운보는 써 봤어."

"비스크 영지 녀석들과의 싸움은 실전이라 부르기에도 미안하지 않아?"

"끄응!"

그것도 맞는 말이었다.

비스크 녀석들은 그저 마나를 다룰 줄 안다는 의미의 기사였을 뿐.

진짜 기사라는 칭호가 아까울 실력이었다.

"실전 경험이 없으면, 결국 상대의 공격에 대응만 하다 끝날 수밖에 없어."

"그 실전 경험 쌓으러 설산에 가려는 거잖아. 근데 그걸 하기 위해서 실전 경험이 필요하다니. 이게 무슨 개 같은 경우야."

"그래서 내가 경험을 쌓게 해 주려는 거잖아."

루크는 안대를 집어 들며 말했다.

테오는 아직 루크의 말을 제대로 이해하지 못한 것 같았다.

"설마…… 뭐, 죽을 각오로 하는 게 실전 경험이다 이거야?"

"아니. 누굴 사이비로 아나?"

"그럼 뭔데?"

루크는 대답하지 않고, 그 안대로 자기 눈을 가렸다.

그러고는 다시 대련 자세를 잡았다.

"그냥 직접 보여 줄게. 덤벼."

"뭐? 나 진검 들었는데?"

"그래서 더 편해. 뭐 해, 빨리 덤벼."

꿀꺽.

테오는 침을 삼켰다.

'이거 기회인가?'

상대는 눈을 가리고 있다.

아무리 루크가 강하다고 해도 저런 상태에서 자신의 공격을 받아 내지는 못할 터.

동생이니 차마 진검으로 베지는 못하지만, 주먹질이나 발차기 같은 공격은 얼마든지 있었다.

그동안 루크에게 당했던 순간들이 주마등처럼 지나갔다.

운동을 빙자한 고문.

대련을 빙자한 구타.

안마를 빙자한 폭행.

도움을 빙자한 사칭까지…….

생각해 보니 안 죽어서 다행이라는 생각마저 들었다.

물론 그 모든 게 자신과 가문에 도움이 되었던 것은 부정할 수 없는 사실이다.

그걸 알지만은 루크의 명치를 한 대만 세게 때려 보고 싶다는 생각이 머리에서 떠나지 않았다.

상상만으로도 속이 뻥 뚫리는 느낌.

'그래, 이런 기회가 또 언제 오겠어? 이건 하늘이 주신 기회야!'

테오는 씩 웃으면서 고개를 끄덕였다.

"그럼 진짜 자세 잡는다?"

"아직도 안 잡고 있었어?"

"정말 마음껏 휘둘러도 돼?"

"응, 마음껏 휘둘러."

"혹시나 해서 묻는 건데, 나중에 뒤끝이 있는 건 아니겠지?"

"전혀 없어. 내 팔이 떨어져 나가도 책임지라고 안 할게."

"그 말 정말 안 할……."

"거 좀! 말만 하다 날 새겠네."

"아, 알았어."

테오도 곧장 자세를 잡았다.

일대일 대결에 특화된 기초 비전, 천설검의 시작 자세였다.

물론 그의 가장 주력 비전은 풍월대검이었다.

그러나 풍월대검과 천설검의 상성을 고려하면, 2주 동안 이걸 연습하는 쪽이 이길 가능성이 훨씬 클 것이다.

"간다아아아!"

테오는 양심상 일부러 소리를 지르고 달려들었다.

어설퍼 보이는 기합과 달리, 테오의 초점은 흠잡을 데가 없었다.

검은 날카로운 섬광을 그리며 앞으로 뻗어 나갔다.

'시초는 좋고.'

루크는 속으로 평가를 내리고는 자신의 검을 들어 올렸다.

상대의 공격을 받아넘기는 천설검의 방어 초식이었다.

챙!

둘의 검이 맞닿자 섬광이 흩어져 버렸다.

테오는 이에 그치지 않고 바로 다음 공격을 이어 나갔다.

천설검의 특징 중 하나인 신속한 연결 동작이었다.

'역시 초반부는 잘하네.'

루크는 다음 공격을 막아 내면서 생각했다.

처음 노던에서 녀석과 처음 대결했을 때와는 차원이 달랐다.

역시 이론적으로 슈넬덴의 기사를 이길 수 있다고 말한 건 오판이 아니었다.

아직 완전히 습득하지 못한 천설검으로만 봐도, 정식 기사들에 비해 결코 뒤처지지 않을 것이다.

아니, 뒤처지기는커녕 오히려 앞선다고 볼 수도 있었다.

'문제는 그다음이지.'

자신의 공격이 통하지 않고, 상대의 흐름에 말려들 때.

그때야말로 테오의 빈약한 실전 경험이 드러나는 순간이
리라.

'도대체 뭐야?'

테오는 처음에 루크에게 한 방 먹여 줄 생각으로 신나 있
었다.

그러나 시간이 갈수록 그는 혼란스러워졌다.

'안대를 해서 분명 아무것도 안 보일 텐데?'

언뜻 보기엔 자신이 루크를 괴롭히는 것처럼 보일 수도 있
었다.

그야 안대로 두 눈을 가린 녀석에게 두 눈 번쩍 뜬 채로 검
을 휘두르고 있었으니까.

하지만 조금만 검을 쓸 줄 아는 사람이라면 보일 것이다.

이 대련에서 말리고 있는 사람은 루크가 아니라 테오라는
것을.

챙, 채채챙!

지금도 루크는 테오의 검을 너무나 쉽게 튕겨 냈다.

'노던에서 겨뤘을 때와는 달라.'

그때의 루크는 자신의 공격을 모두 피해 냈다.

굳이 말하자면 마치 자신이 어떻게 움직일지 다 알고 있었

던 것 같은 느낌.

그러나 이번에는 느낌 자체가 달랐다.

루크는 그저 자기 할 일을 하고 있었다.

천설검의 공초와 방초를 그대로 따르고 있을 뿐.

만약 상대가 없었다면 혼자서 초식을 연습하고 있다고 볼 수도 있을 만큼 정석적이었다.

그런데도 그 틈을 뚫어 낼 수가 없었다.

오히려 그 흐름에 말려 테오 본인의 동작이 제대로 나오지도 않았다.

'이러다가는 완전히 휘말려 버리겠어!'

루크는 지고 싶지 않았다.

상대는 시각 차단이라는 어마어마한 페널티를 가지고 자신과 겨루고 있지 않은가.

그런 상대에게마저 진다면 어떻게 기사를 이길 수 있겠는가.

'제대로 덤벼야 한다.'

검자루를 쥔 손에 힘이 잔뜩 들어갔다.

"흐랴아아압!"

그러고는 크게 검을 휘둘렀다.

지금까지는 동생이 다칠 걸 걱정해서 소극적이었다.

그러나 이번에는 상대를 벨 각오를 하고서 휘두른 검이었다.

천설검의 종초.

광풍의 설화.

지금까지 흩뿌려놓았던 눈발이 일제히 이어졌다.

저 섬광에 닿는다면 결과가 어찌 될지 뻔했다.

"이러니까 경험 부족이라고."

루크는 담담한 목소리로 대답했다.

그러고는 여태껏 그랬던 것처럼 정석대로 검을 움직였다.

그러나 결과는 전혀 정석적이지 않았다.

파캉!

테오가 흩뿌렸던 눈발이 연기처럼 흩어져 버렸다.

그것도 루크의 단 한 동작에 의해서.

그건 테오도 아는 동작이었다.

천설검의 방초 중 하나였으니까.

'어?'

놀라고 있을 틈도 없었다.

정석대로라면 그다음에 이어질 것은 반격일 테니까.

'다음은 옆구리를 노리는 중단 베기!'

그걸 떠올린 테오가 얼른 검을 회수하려 했다.

하지만 이미 루크의 검은 옆구리 바로 앞까지 와 있었다.

'뭐가 이렇게 빨라? 아니, 느린 건가?'

자신이 환상이라도 보고 있는 걸까?

루크의 검은 빠른 듯하면서도 느렸다.

정확히 말하면 루크의 검은 느린데 자신의 몸은 뭔가에 막혀 아예 움직이지 않았다.

루크는 눈을 가리고 있는 상황.

이대로 가다가는 벨무스가 자신의 옆구리 살점을 도려내고 말리라.

'제발 움직여라!'

속으로 애타게 울부짖어도 소용없었다.

자신의 몸은 여전히 움직이지 않았다.

지금, 이 순간 세상에서 움직이고 있는 건 루크의 검뿐이었다.

이렇게 당한다고 생각하는 순간.

우뚝.

루크의 검이 멈춰 섰다.

눈을 가렸으면서 앞이 보이기라도 한 것일까.

검은 정확히 테오의 옆구리에 닿은 상태로 멈춰 있었다.

"……."

테오는 그 상태로 굳어 버렸다.

여기서 자신이 조금이라도 움직였다가는 저 검에 베일 테니까.

스륵.

루크는 안대를 내리고는 테오를 향해 씩 미소를 지었다.

"여기까지."

"……."

"이제 내가 한 말이 뭔지 알겠어?"

루크의 말에 테오는 고민했다.

'전혀 모르겠는데…… 일단 알겠다고 해야 하나?'

아마 모른다고 했다가는 옆구리에 닿아 있는 이 검을 그대로 휘둘러 버리겠지.

"으응. 알 것 같네."

"뭔데?"

"응?"

"내가 말한 의미가 뭐냐고."

"어, 음……."

"설마 모르면서 그냥 말한 건 아니겠지, 설마?"

등줄기를 타고 땀이 주룩 흘러내렸다.

'아버지, 제가 죽는 순간은 아까 전이 아니라 지금인가 봐요.'

오늘따라 테오의 모습이 더욱 애처로워 보였다.

"살아 있다?"

테오는 질끈 감았던 눈을 슬며시 떴다.

눈앞에 루크가 보이는 거로 봐서는 다행히 아직 죽은 건 아닌 모양이다.

그러나 테오는 여전히 긴장을 놓지 않았다.

저래놓고 기습을 한 적이 한두 번이 아니었으니까.

루크는 그런 테오를 한심하다는 듯 쳐다보았다.

"뭐 하냐."

"응?"

"뭐 하냐고."

"경계……?"

"그런다고 날 막을 수 있을 것 같아?"

"아니."

눈을 가린 채로도 못 이겼는데, 자기가 경계 좀 하기로서니 루크의 공격을 막을 수 있을 리가 없었다.

이건 그냥 본능 같은 것이다.

육식 동물을 앞에 둔 초식 동물이 경계를 하는 것처럼.

"크흠."

민망해진 테오는 괜히 헛기침을 했다.

"아무튼 내 말뜻을 못 알아먹겠다는 거지?"

"으응…….."

"에휴, 세상 좋아졌어. 내가 언제부터 이런 것까지 다 차근차근 알려 줬는지."

루크는 알 수 없는 말을 내뱉더니 한숨을 푹 내쉬었다.

"형은 눈 가리고 누굴 이기는 게 가능하다고 생각해?"

테오는 고개를 저었다.

그게 얼마나 말이 안 됐으면 감히 루크에게 화까지 버럭 냈겠는가.

"그럼 난 어떻게 이겼어?"

"그야 넌 원래 괴물 같은 녀석이니까. 혹시 무슨 심안 같은 거라도 뜬 거냐?"

"내가 그 경지에 올랐으면 여기서 이러고 있을 리가 없지."

심안을 떴을 정도의 실력자였다면, 지금 당장 코넬리오를 족치러 가 버렸을 것이다, 여기서 테오에게 설교나 하고 있을 게 아니라.

"하긴. 그럼 어떻게 한 거야?"

"그냥 상황에 맞게 천설검의 초식을 밟았을 뿐이야."

"뭐?"

테오는 그 대답을 듣고는 어벙한 표정이 되었다.

그러고 보니 루크가 한 건 자신의 공격에 대응한 게 아니라, 그저 주석서에 나온 천설검을 재현한 거였다.

이어서 부끄러움이 몰려왔다.

'그럼 난 눈먼 검에 당했다는 뜻이잖아.'

차마 검을 수련했다고 말하기조차 부끄러웠다.

"괜찮아. 그럴 수도 있지."

"그럴 수도 있기는! 눈먼 검에도 당하는 놈이 대련 때는 어떻게 하겠다고……!"

"그냥 형이 내 흐름에 말려서 그런 것뿐이야."

"흐름에 말려?"

루크는 대답 대신 검을 휘둘러 보였다.

그것은 조금 전 그가 사용했던 천설검의 초식이었다.

"와……."

테오는 저도 모르게 감탄을 흘렸다.

아까는 대련에 집중하느라 전혀 알지 못했는데, 지금 보니 초식 하나하나가 일품이었다.

오의가 제대로 담긴 천설검은 공수 양면에서 어디 하나 부족한 게 없어 보였다.

이게 어떻게 봐서 초급 비전이란 말인가.

그렇다면 보다 상급 비전들은 또 얼마나 강하단 말인가.

이런 비전들을 보유하고 있는 가문이 새삼 대단하게 느껴졌다.

"이게 딱 형 정도 수준에서 할 수 있는 천설검이야."

검을 멈춘 루크가 말하자, 테오는 눈을 동그랗게 떴다.

"내가 저렇게 할 수 있다고?"

"형 재능이면 2주 안에 여기까지 가능해. 장담할게."

"설마……."

"근데 여기까지 오더라도 정작 대련에 들어가면 이거의 반도 못 펼치게 될걸."

"상대의 흐름에 말려서?"

"맞아. 상대의 동작을 생각하고 거기에 대응하려다 보니, 정작 자기 걸 하지 못하는 거지."

초식이라는 건 단순히 동작만 따라 한다고 되는 게 아니다.

그 동작을 하는 순간 그에 맞는 마나의 움직임이 있어야 했다.

아니, 사실은 그게 핵심이다.

그래서 한스가 비전을 연구하기 위해서 조영제까지 만들어서 마나의 흐름을 조사한 거 아니겠는가.

그런데 테오는 대련을 할 때 초식에 맞게 마나를 유기적으로 움직이지 못했다.

그게 바로 경험 부족이었다.

수많은 상황이 발생하는 실전.

거기서 테오는 자신의 흐름을 유지하지 못하는 것이다.

자기 흐름을 유지하지 못하는 비전이 어떻게 되는지는 뻔했다.

조금 전 루크가 보여 줬듯, 상대의 단 한 수에도 지금껏 쌓아 올린 초식들이 한꺼번에 무너진다.

"안대를 하는 이유는 상대 동작에 아예 신경을 끄고 자신에게만 집중하기 위해서고."

"아!"

테오는 작은 탄성을 터뜨렸다.

무식해 보이기만 하는 수련에 그런 깊은 뜻이 있었을 줄이야.

역시 루크에겐 다 계획이 있었다.

"그럼 진검으로 하는 이유는 뭐야? 안대까지 썼는데 다칠 수도 있잖아."

"후."

그 한숨에선 '이런 것까지도 일일이 말해 줘야 하나.'라는 의미가 뚝뚝 묻어났다.

루크는 이번에도 설명하는 대신 보여 주기를 택했다.

부웅-!

그가 휘두른 검이 순식간에 테오의 코앞까지 다가왔다.

검날과 코끝의 거리는 딱 종이 한 장 차이.

뚝.

콧등을 타고 흐른 땀이 벨무스의 검신에 떨어졌다.

"갑자기 이게 무슨……."

후우웅-!

테오는 말을 하다 말고 멈췄다.

자신의 콧등에서 뭔가가 찌르는 듯한 기운이 느껴졌기 때문이었다.

그 기운이 시작된 곳은 코앞에 놓인 벨무스.

검신을 타고 흘러나온 마나가 자신에게 전해진 것이다.

"뭔가 느껴져?"

"찌르는 것 같은 기운."

"눈 감고 있어도 알겠지?"

"응."

"진검이 목검보다 마나 전도율이 높아서 그래. 적어도 상대가 베는지, 아니면 찌르는지 정도는 알아야 그에 맞는 초식을 사용하지."

테오는 멍하니 고개를 끄덕였다.

'지독할 정도로 철저하구나.'

막 하는 것 같은 행동 하나하나에 모두 의미가 담겨 있었다.

그 의미는 보다 효율적으로 수련할 수 있는 것들이었다.

'이러니까 루크가 저렇게 빨리 강해질 수 있었던 거구나.'

감탄이 나올 지경이었다.

'도대체 저 녀석은 이런 수련법들은 어디서 알아 오는 걸까?'

그런 의문은 금방 사라졌다.

출처야 어찌 되었든 그게 자신을 강하게 만들어 주고 있었으니까.

"나 확실히 깨달았어!"

"그래? 그럼 이제 익혀 볼까?"

"익혀? 뭘?"

"학습이 뭐야. 배우고 익히는 거잖아."

"그렇지."

"방금 우리가 한 게 뭔데?"

"배우는 거."

"그럼 이제 우리가 해야 할 건?"

"익히는 거……?"

"정답."

루크가 씩 웃으며 말했다.

그러고는 테오에게 안대를 툭 던져 주었다.

"그거 빨리 써."

자신에게 안대를 쥐어 주며 본인은 벨무스를 들어 올리는 루크.

그 모습을 보자 루크에게 깊은 뜻이 있다는 걸 알면서도, 선뜻 수련을 받기 무서워졌다.

"나 하나만 물어봐도 될까?"

"좋아."

"이거 언제까지 할 거야?"

"내가 만족할 때까지."

"네가 만족할 때까지라면……."

"말해 뭐 해. 기사를 상대로 100% 이길 정도가 될 때까지지."

아무래도 2주간 청상관에 돌아가는 건 그른 것 같았다.

지난 한 달간 라히츠는 두 도련님의 검술 수업을 거의 하지 못했다.

그레이턴 산맥을 조사하는 임무 때문이었다.

어째서 직계 혈족의 검술 교관이 그런 임무에 파견되느냐고 물을 수도 있다.

이유는 하나였다.

그만큼 위험한 임무였기 때문.

본격적인 망루 확보 작전 수행 전 방벽의 레인저들이 먼저 정찰을 나섰는데, 그중 몇 명의 연락이 두절되었다.

설산 자체가 워낙 사고가 잦은 곳이다 보니, 레인저들의 실종이 그리 드문 건 아니었다.

문제는 그들을 수색하기 위해 보낸 기사들마저 연락이 두절되었다는 것.

율리안은 사태의 심각성을 인지하고 라히츠를 비롯한 수석 기사들을 보낸 것이다.

그러나 그들 역시 이렇다 할 것을 발견하지 못했다.

몬스터가 지난 해 같은 시기보다 흉포해졌고 조직적으로 변했다는 것이 전부.

의문점이 다 풀리기 전까지 작전을 뒤로 미룰 수도 있겠지만, 율리안은 예정대로 작전을 진행하기로 했다.

이미 코넬리오에게 큰소리쳐 둔 상황.

여기서 작전을 미뤘다가는 또다시 코넬리오가 개입할 여지를 줄 수 있었기 때문이다.

'그래도 슈넬덴이 옳은 방향으로 나아가고 있는 거지.'

라히츠도 가주의 의견에 동의했다.

원인 모를 위협 때문에 포기하기엔 이번 작전이 가지는 의미가 너무나도 컸다.

'반드시 이번 작전에 성공해야 할 터인데…….'

생각에 잠겼던 라히츠가 발걸음을 멈췄다.

'딴생각을 하다 보니 벌써 도착했구나.'

백은관의 연무장이 보이긴 하지만 말소리까지 들리지는 않을 정도의 거리.

그는 그곳에서 멈춰 있었다.

더 가까이 갔다가는 도련님들이 자신의 기척을 눈치챌 것이다.

그는 그 상태로 도련님들이 수련하는 모습을 지켜보았다.

　─라히츠 경, 둘의 수련 상황을 지켜봐 주게. 필요한 게 있다면 도와줘도 되지만, 일단은 둘이서 하는 걸 최대한 보기만 하게나.

가주가 내린 추가 지시 때문이었다.

'도련님들께서 방벽을 넘고 싶다고 자청하시다니.'

라히츠는 감개무량했다.

가고, 안 가고를 떠나서 도련님들이 참가를 자청한 것만으로도 충분히 자랑스러웠다.

방벽을 넘어 설산으로 향한다는 건 그 자체로 슈넬덴에서 가장 명예로운 것이었으니까.

다른 의미로 골칫덩이였던 두 도련님이 어느새 이렇게나 성장했다니.

불과 몇 달 전만 하더라도 상상조차 하지 못한 모습이었다.

이거야말로 슈넬덴에 희망이 보인다는 조짐이 아니겠는가.

'물론 그것도 실력이 되어야 하는 거겠지만.'

방벽 너머로 향한다는 건 생각보다 훨씬 위험한 일이었다.

그만한 실력이 없다면 아무리 혈족이라 하더라도 가지 못할 곳이다.

그걸 알았기에 도련님들도 특별 훈련까지 선언하고 백은관에 틀어박힌 것이리라.

라히츠는 호기심 어린 눈으로 둘을 보았다.

챙, 채챙―!

둘은 진검을 들고 한창 대련을 하고 있었다.

그들의 약점이 가진 실력에 비해 실전 경험이 부족하다는 것을 아는 모양이다.

'정확하군.'

부족한 실전 경험을 채우기 위해서는 대련만 한 것이 없을 터.

그러던 그의 눈엔 테오가 쓰고 있는 안대가 들어왔다.

'웬 안대지?'

진검 대련이니만큼 그 안대는 매우 위험해 보였다.

루크 쪽을 보니 그는 안대를 쓰고 있지 않았다.

'설마 일부러 난이도를 올리신 건가?'

그도 기사였기에 잘 알고 있었다.

빠른 성장을 위해서는 강제로 한계에 닿게 해야 한다는 것을.

아마 저 안대가 그런 장치일 것이다.

테오는 눈을 가린 상태로도 루크의 검을 제법 막아 내고 있었다.

그가 사용하는 초식은 흠잡을 데 없이 깔끔했다.

'도련님이 저렇게나 성장하셨다니.'

라히츠는 내심 감격의 눈물을 흘릴 뻔했다.

아무리 타고난 재능이 출중했다고 해도, 이렇게까지 빠르게 성장할 거라고는 생각도 못 했다.

저 정도라면 기사와의 대련을 기대해 볼 수도 있었다.

'얼른 가주님께 보고해야겠군.'

라히츠는 수련을 다 지켜본 후 다시 본관으로 향했다.

－테오가 눈을 가린 채로도 루크의 공격을 잘 막아 내는 것으로 보아, 둘의 수련 성과가 훌륭함.

그렇게 보고할 생각이었다.
그러나 그는 듣지 못했다.
"자, 이제 보는 사람도 갔으니까 더 제대로 해 볼까?"
루크가 조금 전까지 그가 있던 곳을 보며 중얼거린 말을.
"……여기서 더?"
테오가 죽는소리를 하며 대답했다.
그의 몸은 이미 땀으로 샤워를 한 것 같았다.
다리는 이미 예전부터 부들부들 떨리고 있었다.
체력이 모두 고갈되었다는 증거.
그러나 루크는 거기서 멈춰 줄 생각이 없어 보였다.
"한계에 도달했으니까 지금부터 성장할 시간이잖아."
오히려 환하게 웃어 보일 뿐.
테오는 확신했다.
이 정신 나간 수련이 끝나고 나면 분명 자신은 대련에서 이길 수 있을 거라고.
"지금부터 할 걸 라히츠가 봤다면, 보고하기 전에 수련을 말릴 생각부터 했을걸."
"……."
물론 수련이 끝날 때까지 자신이 살아 있을 수만 있다면 말이다.

⚜

"테오가 안대까지 쓰고서 수련 중이라고?"

"예, 그 상태로도 루크 도련님의 공격을 곧잘 막더군요."

"허허허."

율리안은 아들의 수련 성과를 보고받고서 흐뭇하게 웃었다.

"그 아이가 그토록 자신한 이유가 있구나."

안대에 진검까지 사용하는 그 살벌한 수련법은 분명 루크의 생각일 것이다.

처음 보는 수련법이긴 했지만, 이번에도 역시 놀라운 성과를 내는 중이었다.

그런데 두 아들의 수련 성과가 좋을수록 마음 한편에선 걱정도 흘러들었다.

'이대로라면 루크가 장담한 대로 이번 대련에서 기사를 꺾을지도 모르겠구나.'

그럼 둘은 설산으로 향하게 될 터.

물론 슈넬덴의 혈족이라면, 방벽을 넘어 설산에서 임무를 수행하는 것은 당연히 해야 할 의무이며 명예로운 것이긴 했다.

그러나 지금은 상황이 조금 달라졌다.

아직 설산에 어떤 위험이 있을지 제대로 파악하지 못한 상태.

만약 코넬리오의 지원군이라도 있었으면 모를까.

현 상태의 설산으로 두 아들을 함께 보내자니, 선뜻 마음이 서지 않았다.

그렇다고 이미 약속한 것을 되돌릴 수는 없는 노릇.

그는 최대한 약속을 깨지 않는 선에서 두 아들을 포기시켜야 했다.

"그럼 6연무장 쪽은 잘 준비하고 있다던가."

"듣자 하니 이번 기수들의 기세도 만만치 않다고 하더군요. 다들 자청해서 새벽 수련까지도 하고 있답니다."

루크와 테오의 상대가 될 기사들.

그들 역시 의욕을 불태우고 있었다.

이유야 뻔했다.

"그 기수가 특히 테오에게 당한 게 많은 아이들이었지?"

"……예."

연무장의 기사들은 모두 작위를 얻은 지 10년도 안 된 이들이었다.

몇 년 전까지만 하더라도 아직 견습 딱지를 떼지 못하고 있었다.

그러니까 테오의 먹잇감이 되기에 딱 좋은 위치에 있었다는 의미였다.

그때만 하더라도 테오는 루크에게 상처를 입히고, 다음 먹잇감을 찾아 돌아다니고 있을 때였으니까.

"그때를 생각하면 지금의 테오는 천지가 개벽한 수준 같네."

"테오 도련님뿐만 아니라 루크 도련님도 많이 달라졌지요."

"그렇긴 하지."

'사실은 루크가 변하면서부터 테오의 변화가 시작된 거지만.'

율리안은 그다음 말은 삼켰다.

아들이 수련을 위해 관심을 경계하겠다고 했으니, 부모로서도 도와줘야 하지 않겠는가.

"어쨌든 둘의 수련 성과가 좋다고 하니 내 쪽에서도 뭔가 준비를 해야겠군."

"어떤 준비입니까?"

"이번 대련 때, 6연무장에서 가장 강한 상대들로 준비해주게. 특히 테오에겐 가장 강한 아이를 붙이고."

"……도련님들을 설산으로 보낼 생각이 없으시군요."

율리안은 복잡한 표정을 지었다.

"설산 원정은 두 아들에게 큰 명예이겠지만, 이번은 뭔가 예감이 좋지 않네."

"예, 지금 바로 6연무장 교관에게 전하도록 하겠습니다."

"알겠네."

라히츠는 곧장 기사들의 수련장인 그루관으로 향했다.

무릇 무가의 기사 연무장이라고 하면, 가문에서 가장 신경을 쓰는 곳이다.

무예야말로 무가의 정체성.

당연히 누군가 이 가문을 볼 때는 가장 먼저 이곳을 보고 평가하기 때문이다.

슈넬덴의 기사 연무장인 그루관.

한동안 이곳은 누군가에게 보여 주기는커녕 기초적인 수련을 하기조차 어려울 정도로 낡았었다.

그러나 최근 들어 비전 연구실과 더불어 가장 많은 개선 작업이 이루어지고 있었다.

듣자 하니 어떤 거상이 비전 연구와 후학 양성에 힘써 달라며 지원금을 줬기 때문이라고.

덕분에 슈넬덴의 6연무장 기사들은 의욕적으로 수련에 임했다.

"후아아아압!"

뻐엉!

우렁찬 기합 소리와 함께 가죽이 터지는 소리가 울려 퍼졌다.

예전에는 몇 개 없는 수련용 목각인형이라며 귀하게 다루었지만, 이제는 아니었다.

인형에 씌울 가죽 부대는 물론이고, 여차하면 인형을 새로 살 수도 있었으니까.

후두두둑.

기사들은 지금처럼 그저 땀을 쏟아 낼 만큼 수련에만 집중하면 됐다.

"한 번 더, 일검!"

"후아아압!"

뻐엉!

기장의 지시에 따라 검을 휘두르는 초급 기사들은 명문가의 수련장을 떠올리게 했다.

"이 정도로는 부족하다. 한 번 더!"

"후아아압!"

어찌나 열심히 수련한 건지, 입에서는 숨이 한 움큼씩 튀어나왔다.

그럼에도 그들 한 명, 한 명의 손에는 목검이 단단하게 붙들려 있었다.

그들이 이토록 열심히 수련하는 이유는 간단했다.

단 하나의 적.

바로 테오 슈넬덴에게 복수하기 위함이었다.

"테오 도련님을 박살 내려면 고작 이 정도로는 안 돼!"

그들이 아직 견습 기사이던 시절.

테오에게 당했던 각종 모욕적인 행동들이 떠올랐다.

노던 시내 한복판에서 무릎 꿇기, 얼차려 받기, 뺨 맞기 등.

그에게 당한 건 일일이 나열하기도 어려웠다.

테오가 자신들을 괴롭힌 이유는 단 한 가지.

　-가문의 미래라는 놈이 이렇게 약하니까 우리 가문도 이
따위지!

그것뿐이었다.

물론 지금의 테오는 예전과 달라졌다는 이야기는 들었다.

그럼에도 아직 이들의 케케묵은 원한은 다 풀린 건 아니
었다.

슈넬덴이 한을 품으면 오뉴월에도 서리가 든다고 하지 않
은가.

"이번 대련은 테오 도련님을 합법적으로 팰 기회다!"

기장이 그렇게 외치자 기사들의 눈에 불꽃이 일렁거렸다.

테오를 흠씬 두들겨 패는 모습.

그간 머릿속으로 수백 번도 넘게 상상한 장면이었다.

"하지만 그 기회를 가질 수 있는 건 오직 단 한 명, 우리
중 가장 강한 자가 테오 도련님과 붙을 수 있다!"

"흐아아아아압!"

기사들의 기합이 그루관 지붕을 뚫고 하늘로 치솟을 듯 울려 퍼졌다.

　그들은 하나같이 자신이 그 기회를 잡겠노라고 외치는 것 같았다.

　과연 그 어떤 장군이 병사들의 사기를 이만큼이나 올릴 수 있을까.

　여러 의미에서 테오는 정말 대단한 녀석이었다.

　기장은 만족스러운 얼굴로 기사들을 둘러보았다.

　그러다 다른 이들과는 달리 소심하게 검을 휘두르고 있는 녀석이 보였다.

　모두가 수련에 열을 올리고 있다 보니, 그의 행동이 유독 도드라져 보였다.

　"이봐, 엘린."

　"예, 예!"

　그가 깜짝 놀라며 대답했다.

　"좀 더 힘 있게 검을 휘두르도록."

　"죄송합니다."

　엘린은 얼른 고개를 숙이고 다시 검을 휘둘렀다.

　전보다 조금 더 힘이 들어가긴 했지만, 그의 검은 여전히 다른 이들에 비해 부족해 보였다.

　기술적인 부분이 부족하다기보다는 검에 담긴 의지가 약한 것이었다.

'대체 저런 녀석이 왜 여태껏 검을 잡고 있는 건지…….'

기장은 고개를 절레절레 저었다.

저 녀석에게 검을 다루는 재주만큼만 의지가 있었다면.

아마 기장은 자신이 아니라 저 녀석의 차지가 되었을 수도 있었다.

'됐다, 됐어.'

그는 이내 엘린에게서 눈을 뗐다.

저런 녀석에게까지 신경 쓰고 있을 시간은 없었다.

어차피 대련에 나서지도 못할 녀석이었으니까.

"다음 동작으로 가자!"

연무장의 기합 소리는 그 후로도 한동안 이어졌다.

루크는 그루관으로 향하고 있었다.

정확히는 그루관의 6연무장.

당당하게 대로를 이용하는 건 아니었다.

몰래 본가를 탈출할 때처럼 백운보를 이용해 골목 사이를 누볐다.

어째서냐고?

정찰의 기본이 무엇인가.

대상의 눈에 띄지 않는 상태로 대상을 관찰하는 것.

그렇다.

루크는 상대의 전력을 가늠하기 위해 정찰을 나가는 중이었다.

'어휴, 내가 다 긴장되네.'

테오의 성장 속도는 매우 빠른 편이었다.

연무장 기사들의 실력이 환생했을 당시에 언뜻 봤던 그대로라면, 테오가 충분히 이길 수 있으리라.

하지만 테오의 경험이 전무하다는 것은 생각 외로 많은 변수를 동반했다.

녀석이 행여나 실수라도 해서 대련에서 패배한다면, 엘릭서를 만들겠다는 루크의 계획이 완전히 엇나가고 만다.

그러니 좀 더 만반의 준비를 해 둘 필요가 있었다.

이를테면 상대의 전력을 살피고, 그에 대응할 수 있도록 수련을 시킨다든가.

좀 비겁하지 않느냐고?

'슈넬덴에 비겁한 게 어디 있어?'

이기기 위해서라면 다구리를 치든, 암살을 하든, 하다못해 흙이라도 뿌리든 쟁취해 내는 것이 바로 슈넬덴의 정신.

이 역시 승리하기 위함이니, 비겁하다는 말 자체가 성립하지 않는다.

'그래도 애들 싸움인데 조금 비겁하긴 한가?'

그런 자괴감이 들긴 했지만, 이내 고개를 훌훌 저었다.

자신이 엘릭서를 먹고 성장하면, 그게 다 슈넬덴에 좋은 일 아니겠는가.

루크는 애써 그렇게 합리화를 하며 6연무장으로 향했다.

"흐아아아압!"

"하압!"

가까이 다가갈수록 기사들의 기합 소리가 크게 들려왔다.

그 기세가 만만치 않았다.

'쟤네는 또 왜 저렇게 진지한 거야?'

루크는 테오와 저들의 관계를 알지 못했기에 영문을 알 수 없었다.

다만 이번 대련이 결코 쉽지 않을 것 같다는 것만큼은 확실했다.

상대의 기세가 저렇게 올라와 있다면, 테오가 흐름을 망칠 가능성이 더욱 컸으니까.

역시 정찰을 나온 건 아주 좋은 선택이었다.

'저 나무가 적당하겠어.'

타앗.

루크는 단숨에 나무 꼭대기까지 뛰어올랐다.

나뭇잎 하나 흔들리지 않을 정도로 가벼운 발놀림.

백운보의 극에 달한 자의 실력이었다.

루크는 기척을 최대한 죽인 채로 담장 너머를 보았다.

붕—!

후웅!

기사들은 두 눈을 활활 태워 가며 검을 휘두르고 있었다.

이어서 교관이 들어왔다.

"기립!"

교관을 본 기장이 절도 있게 외치자, 기사들도 검을 멈추고 인사를 올렸다.

올해 초에는 보지 못했던 꽤 절도 있는 모습이었다.

"공자님들과 대련할 상대가 정해졌다."

예상치 못한 발표에 기사들과 루크 모두 귀를 쫑긋 세웠다.

루크는 청력을 과하게 돋우다가 하마터면 교관에게 발각될 뻔했다.

다행히 아직 교관은 아직 루크를 파악하지 못한 것 같았다.

'그래도 내가 짬이 있지.'

과거 전성기 슈넬덴의 수석 기사들은 물론이고, 아버지마저 속이고 밖을 나돌던 그였다.

아무리 예전의 힘을 되찾지 못했다지만, 고작 저런 아이에게 들킨다면 자존심이 많이 상했을 것이다.

아무튼 루크는 예상외의 수확에 집중했다.

"먼저 이 공자님과 붙을 사람은 엔이다."

자신의 이름이 호명되자 엔의 표정이 복잡 미묘해졌다.

루크의 대련 상대가 되었다는 건 현시점 평가에서 2위를 기록했다는 의미였다.

당연히 기분이 좋아야 했겠지만, 그보다 테오와 붙을 수 없다는 아쉬움이 더욱 컸다.

그 자리는 아마 이번 기수에서 가장 뛰어난 기사에게 갈 것이다.

"그리고 일공자님과 붙을 상대는 브리데커, 너다."

"감사합니다, 교관님!"

기장이 우렁찬 목소리로 대답했다.

"결국 기장이 가네."

"어느 정도 예상했잖아. 기장이 도련님께 당한 게 제일 많기도 하고."

"그래도 아쉽네, 나도 그 손맛을 보고 싶었는데."

"기장, 우리 대신 잘 부탁해."

기사들은 아쉬움 반, 축하 반으로 브리데커를 응원했다.

"걱정하지 마라, 내가 너희들 몫까지 다 갚아 주마."

브리데커도 비장한 얼굴로 기사들에게 말했다.

누가 보면 어디 전쟁이라도 나가는 줄 알겠다.

"테오야, 도대체 넌 저놈들한테 또 뭘 한 거냐, 쯧쯧."

루크는 혀를 찼다.

자신이 10년만 일찍 환생했어도 이런 사태는 안 벌어졌을 텐데.

어쨌든 후회하기에도 늦었다.

지켜본 바로는 브리데커라는 녀석이 저들 중 가장 강한 녀석이었다.

그리고 테오가 말리기라도 한다면 승리를 장담할 수 없는 상대이기도 했다.

'녀석의 검로는 어느 정도 봤으니까.'

내일 수련 때부터는 저 녀석이 사용하는 검로에 맞춰 검을 휘둘러 줘야겠다.

그렇게 생각하며 나무를 내려가려 했다.

"어?"

그러다 그는 싸한 느낌이 들어 연무장 쪽으로 돌아보았다.

거기엔 웬 녀석이 이쪽을 쳐다보고 있었다.

'날 봤나?'

루크는 하마터면 마른침을 꿀꺽 삼킬 뻔했다.

이 거리에서라면 그런 조그만 기척이라도 보였다가는 곧장 교관에게 들켜 버렸을 것이다.

그는 억지로 숨을 죽이며 좀 더 수풀 안쪽으로 숨었다.

"왜 그래, 엘린?"

"응? 아, 아무것도 아니야. 그냥 나무에……."

"나무?"

"나무에 뭔가가……."

확신이 없었던 엘린은 말을 끝맺지 못했다.

"정신 차려. 너 교관님 말씀하시는데 딴 곳 보다가 또 혼 나려고? 그럼 우리까지도 공동 얼차려야."

"미안해."

엘린은 고개를 한번 갸웃하고는 다시 교관이 있는 쪽으로 돌렸다.

'휴.'

루크는 그제야 속으로 숨을 몰아쉬며 나무에서 뛰어내렸 다.

다행히 녀석과 눈이 딱 마주치진 않았다.

그가 몸을 숨기는 쪽이 간발의 차로 빨랐으니까.

'간 떨어지는 줄 알았네.'

그는 오랜만에 심장이 벌렁거렸다.

이 정도의 동요는 환생한 직후 가문의 사정을 알았을 때 이후로는 처음이리라.

'그런데 저 녀석은 뭐지?'

루크는 자신과 눈을 마주칠 뻔했던 기사를 떠올렸다.

수련을 지켜볼 당시에 전혀 눈에 띄지 않았던 녀석이었다.

기사 한 명, 한 명을 세세하게 본 건 아니긴 해도, 그 정도 의 실력자였다면 금방 눈에 들었을 것이다.

그런데 전혀 눈에 띄지 않던 녀석이 자신이 숨어 있는 걸 눈치챘다?

그럴 리가 없었다.

'교관도 눈치 못 챘잖아.'

아마 우연이었을 것이다.

옆에 있는 녀석과 이야기를 하려고 고개를 돌렸다거나.

아니면 주위로 파리가 지나가서 그걸 쫓다가 우연히 자신이 있는 곳을 보았다거나.

'역시 우연일 거야.'

그런데 또 그렇게 넘어가자니 어딘가 찜찜했다.

녀석은 입도 열지 않았고 그 주변에는 파리는커녕 개미 새끼 한 마리도 없었으니까.

무엇보다 녀석의 시선은 정확히 자신이 숨어 있던 나무로 향하고 있었다.

아마 확실히는 아니더라도 뭔가 이상한 낌새를 눈치챈 모양이지.

이제 인정해야 할 것 같았다.

'나도 많이 죽었구나.'

아무리 우연이라도 저런 핏덩어리들에게 기척을 노출될 뻔하다니.

노출된 게 아니라 노출될 뻔한 거다.

정말이다.

그 녀석은 낌새만 눈치챘을 뿐, 자신을 발견한 건 아니었으니까.

'에휴, 이래 놓고 무슨 가문을 살리겠다고 호언장담을 하

는 건지.'

루크는 시무룩해져서는 소월관으로 돌아갔다.

기분도 꿀꿀하니 내일은 테오를 좀 더 빡세게 굴려야 할 것 같았다.

그리고 다음 날.

백은관에서는 전보다 더 처절한 테오의 비명을 들을 수 있었다.

며칠 후.

그루관의 6연무장.

원래는 기사들의 기합과 검 휘두르는 소리만이 들려와야 할 이곳.

그러나 오늘만큼은 기사들 대신에 다른 사람들이 모여 있었다.

율리안과 몇몇 수석 기사, 원로회, 그리고 6연무장의 기사들까지.

인원수는 적었지만 슈넬덴의 주요 인사라고 할 수 있는 자들이었다.

이들이 한자리에 모이는 경우는 가문의 대사가 아니고서야 좀처럼 힘들었다.

그런 이들이 이른 아침부터 이곳에 모인 이유는 하나.

바로 가문의 두 직계의 대련이 있는 날이었기 때문이다.

율리안은 과도한 관심을 우려해 이번 대련에 수석 기사들과 원로회, 그리고 참가 기수들만 초대한 것이다.

가문 내에서 가장 주목되는 인재들이다 보니, 모인 이들은 하나같이 눈을 빛내고 있었다.

특히 그들의 관심은 테오 쪽을 향했다.

"테오 공자가 많이 달라졌다지?"

"그러게 말일세. 설마 공자가 산맥으로 가겠다고 자청할 줄이야. 이 얼마나 명예로운 일인가."

"이번 비스크 영지 건도 테오 공자의 공로라지 않나."

"슈넬덴의 희망이라 불리던 때의 모습을 되찾은 것 같군."

"허허, 그때는 참으로 똘똘한 공자였는데, 그 후로 개망나니가 되어 버렸지만."

"다들 사춘기를 한 번씩 겪지 않았나. 공자에게도 그런 시절이 있는 거겠지."

"그놈의 사춘기가 한 번만 더 찾아왔다가는 슈넬덴의 기둥뿌리가 뽑혀 버릴 걸세."

그 말을 들은 주변 사람들은 모두 몸을 부르르 떨었다.

행여나도 그렇게 무서운 소리를 입에 담지 말라고 하고 싶었다.

"어쨌든 공적은 공적이고, 슈넬덴의 직계라면 역시 검을 잘 다뤄야 할 텐데."

"걱정할 것 없네. 괜히 일공자가 슈넬덴의 희망이라 불렸겠는가."

"그래도 그간 몸을 망치는 행동을 너무나 많이 했으니. 그걸 되돌리기는 힘들지 않겠나?"

"그래서 지옥 훈련을 했다고 하던데."

"과한 수련은 오히려 무리를 줄 수도 있지. 상대는 슈넬덴의 정식 기사가 아니던가."

"아무튼 기대하고 보자고."

'역시 테오 얘기가 대부분이네.'

원로회의 이야기를 엿듣고 있던 루크는 생각했다.

그만큼 가문에서도 테오에 대한 관심이 크다는 것이고, 다시 말해 자신의 계획이 잘 먹히고 있다는 의미였다.

가문 내부에서도 이러니, 밖에서 본다면 누구라도 최근 슈넬덴의 변화를 이끌어 가는 인물이 테오라고 생각할 것이다.

'좀 귀찮기는 해도, 무려 코넬리오를 상대로 복수하려면 이 정도는 해야지.'

루크는 온 사람들의 관심을 받고 있는 테오를 보았다.

그 관심의 당사자는 매우 긴장해 있었다.

"나 진짜 이길 수 있을까?"

"그런 거 걱정할 시간에 마나 흐름에나 집중해. 왜 안 어울리게 긴장이야."

망나니 시절에는 긴장해야 할 때도 긴장하지 않더니, 이제는 긴장하지 않아도 될 때까지 긴장을 하고 있다.

　역시 이놈은 중간이라는 게 없는 놈이다.

　"너랑 수련하면 할수록 내가 한없이 약하다는 게 느껴져서……."

　테오는 시무룩한 목소리로 이야기했다.

　"웬일로 형이 맞는 말을 하네?"

　"너한테 맞는 말?"

　"아니, 누가 패기만 하는 줄 아나."

　"이번 수련 기간 내내 그랬잖아. 특히 막바지에는 더더욱……."

　"크흠, 아무튼 형이 약한 건 팩트야."

　뼈를 때리는 말에 테오의 표정이 더욱 시무룩해졌다.

　루크는 그런 테오를 보며 씩 웃었다.

　"근데 저놈들을 훨씬 약해. 연습한 대로만 하면 쉽게 이길 거야."

　"알겠어."

　"내가 특별히 시범을 보여 줄 테니까 그거 참고해 봐."

　"시범이라니?"

　테오는 아직 이해하지 못한 듯 고개를 갸웃거렸다.

　루크가 더 설명해 주려 했지만, 그보다 라히츠의 진행이 더 빨랐다.

"그럼 첫 번째 대련을 시작하겠습니다. 루크 슈넬덴 이 공자, 엔 파츠 초급 기사, 모두 대련장으로 올라와 주십시오."

루크는 몸을 일으키고는 대련장으로 올라갔다.

"그냥 보다 보면 알 거야."

그의 뒷모습에서는 대련을 앞둔 긴장감 따위는 전혀 보이지 않았다.

"첫 순서는 루크 공자인가?"

"루크 공자도 제 형만큼은 아니어도 좋은 재능이지."

"한참 검을 놓았다가 최근에 다시 잡았으니 그걸 감안해야 하네."

"허허, 공자는 아직 어리네. 그저 가능성만 본다고 생각함세."

지금 저게 자신을 보고 하는 말인가?

루크는 어처구니가 없었다.

예전 같았으면 한 수 가르쳐 달라고 고개를 조아려도 모자랄 것들이, 저 위에 앉아서 허허 웃으며 자기 실력을 평가하다니.

'쯧쯧, 가문이 거꾸로 돌아가는구나, 거꾸로.'

루크는 속으로 혀를 차고는 고개를 앞으로 돌렸다.

망한 가문의 검술 천재가 되었다

자신의 대련 상대가 보였다.

'너도 날 무시하고 있냐?'

표정만 봐도 알 수 있었다.

저 녀석의 신경은 대련장 밑에 있는 테오에게 가 있다는 것을.

자고로 슈넬덴의 이름을 달았다면 그 어떤 상대라도 최선을 다해야 하거늘.

정말이지, 가문 꼴이 말이 아니구나.

'그리고 이거 은근 기분 나쁜데?'

아무리 연기라지만 이렇게 대놓고 무시당하니까 은근 자존심이 상했다.

그냥 여기서 저놈 처리하고 장로들까지 다 끌어내려서 조져?

'후, 아니지 아니야.'

루크는 속 깊은 곳에서 북받쳐 오르던 분노를 간신히 억눌렀다.

'저 녀석은 교보재야. 기분 나쁘다고 조질 녀석이 아니라, 테오를 가르치기 위한 교보재.'

자기 최면을 건 끝에 루크는 평정심을 되찾을 수 있었다.

"그럼 대련에 앞서 규칙을 말씀드리겠습니다."

대련의 심판으로는 라히츠가 들어왔다.

"총 10분간 이루어지며 전투 불능 상태가 되거나 장외로 나가면 패배합니다."

"슈넬덴의 기사 엔 파츠입니다. 잘 부탁드리겠습니다."

"나도."

루크는 바로 자세를 잡았다.

그에 비해 엔은 좀 더 느긋하게 자세를 잡았다.

누가 보면 루크가 엔에게 한 수 배우는 줄 알 정도로 여유로웠다.

"시작하겠습니다."

라히츠의 선언과 함께 대련이 시작되었다.

"도련님께는 송구하지만 가주님의 명에 따라 반드시 이기겠습니다!"

엔이 크게 외치고는 정면으로 달려왔다.

'가주님의 명?'

율리안이 저 녀석들을 찾아가 꼭 이기라고 독려까지 한 모양이다.

그렇게까지 아들을 벽 너머로 보낼 생각이 없는 건가.

'어쨌든 넌 가주의 명을 못 지키겠구나.'

루크가 검을 움직였다.

챙!

두 검이 부딪쳤다.

엔은 몸을 빙글 돌려 루크의 어깨를 공격했다.

위에서 아래로 부드럽게 이어지는 검로.

그 한 동작만 봐도 알 수 있었다.

녀석이 천설검을 사용한다는 것을.

'쯧, 천설검의 연구가 끝난 지가 언젠데, 아직도 검로가 왜 이렇게 밋밋해?'

카앙!

루크는 검을 치켜들어 공격을 막아 냈다.

"듣던 대로 실력이 대단하십니다."

엔이 살짝 거리를 벌리며 말했다.

"아버지 명을 지키려면 이 정도로는 부족한 것 같은데."

"좀 더 강하게 몰아붙이겠습니다."

그때부터 엔은 정신없이 검을 휘둘러 댔지만, 루크는 그 검을 모두 막아 냈다.

길어지는 루크의 방어전.

엔은 아예 루크를 장외로 내보낼 생각인지 강하게 몰아붙였다.

"엔이 시작부터 강하게 나가네."

"가주님께서 직접 당부하셨다잖아."

"승리하면 가주님께서 직접 검을 하사한다고 했다지?"

"젠장, 내가 대련 상대가 돼야 했는데."

대련을 지켜보던 6연무장 기사들이 투덜거렸다.

그들은 이미 이 대련의 결과를 알고 있는 것 같았다.

그도 그럴 것이, 루크는 제대로 된 공격 하나 못해 본 채,

엔의 공격을 막기에만 급급하였으니까.

"확실히 엔의 검이 빠르고 날카롭긴 하구나."

"괜히 브리데커에 이어 2인자 소리를 듣는 게 아니지."

"천설검의 수준이 우리랑은 달라."

그들은 이제 아예 엔의 검을 감상하기에 이르렀다.

"그런데 왜 승부를 결정짓지 못하지?"

"그러게. 분위기로 봐서는 한참 전에 끝났어야 할 것 같은
데."

"가주님이 보고 계시니까 그렇겠지."

한 기사의 말에 모두들 고개를 끄덕였다.

"아무리 가주님께서 직접 지시하셨다지만, 자기 아들이
너무 무기력하게 지는 건 보고 싶지 않으실 거 아니야."

"엔이 루크 공자님 체면을 살려 주고 있는 거구나."

"하여간 엔 녀석, 눈치는 빠르다니까."

그렇게 생각한 건 비단 그들뿐만이 아니었다.

대련을 보고 있는 장로, 수석 기사 할 것 없이 지금의 상황
을 똑같이 생각하고 있었다.

하마터면 루크의 범상치 않음을 알고 있는 율리안조차 그
렇게 생각할 뻔했다.

그만큼이나 루크의 연기가 실감났다는 의미.

지금 이곳에서 이 대련의 진정한 승자가 누구인지 아는 건
율리안과 테오, 단둘밖에 없었다.

아니, 그런 줄 알았다.

"저거, 지고 있는 것 같은데······."

조용히 대련을 지켜보던 엘린이 그렇게 말하기 전까지는.

다음 권으로 이어집니다

꿈의 도약, 로크에서 하십시오
(주)로크미디어에서 신인 작가를 모십니다

즐거운 세상, 로크미디어는 꿈을 사랑하고 도전을 두려워하지 않는 작가 분들의 참신한 작품을 기다리고 있습니다. 21세기 장르 문학계를 이끌어 갈 차세대 선두 주자 (주)로크미디어에서 여러분의 나래를 활짝 펴 보시길 바랍니다.

모집 분야 판타지와 무협을 포함한 장르 문학
모집 대상 아마추어 작가, 인터넷 작가
모집 기한 수시 모집
  작품 접수 시 유의 사항
    1. 파일명은 작가명_작품명.hwp형식을 갖춰 주십시오.
    1. 파일에 들어갈 내용은 다음과 같습니다.
       — 성명(필명인 경우 실명을 밝혀 주세요), 연락처, 이메일 주소
       — 제목, 기획 의도
       — A4용지 1장 분량의 등장인물 소개
       — A4용지 2장 분량의 전체 줄거리
       — 본문
    1. 작품이 인터넷에 연재되고 있다면, 게시판명과 사이트의 구체적이고 정확한 주소를 기재해 주십시오.

선택된 작품은 정식 계약 후 출판물로 간행되어 전국 서점에 유통됩니다.
작가 분은 (주)로크미디어의 전폭적인 지원하에 전속 작가로 활동하시게 됩니다.
※ 자세한 내용은 로크미디어 홈페이지(rokmedia.com)를 참조하세요.

(04167)서울시 마포구 마포대로 45 일진빌딩 6층
(주)로크미디어 편집부 신간 기획 담당자 앞
전화 : 02) 3273-5135
www.rokmedia.com   이메일 : rokmedia@empas.com